文春文庫

新参者

新・秋山久蔵御用控（五）

藤井邦夫

文藝春秋

目次

おもな登場人物

秋山久蔵　南町奉行所吟味方与力。〝剃刀久蔵〟と称され、悪人たちに恐れられている。心形刀流の遣い手。普段は温和な人物だが、悪党に対しては情け無用の冷酷さを秘めている。

神崎和馬　南町奉行所定町廻り同心。久蔵の部下。

香織　久蔵の後添え。亡き先妻・雪乃の腹違いの妹。

大助　久蔵の嫡男。元服前で学問所に通う。

小春　久蔵の長女。

与平　親の代からの秋山家の奉公人。女房のお福を亡くし、いまは隠居。

太市　秋山家の奉公人。おふみを嫁にもらう。

おふみ　秋山家の女中。ある事件に巻き込まれた後、九年前から秋山家に奉公するようになる。

幸吉　〝柳橋の親分〟と呼ばれた弥平次の跡を継ぎ、久蔵から手札をもらう岡っ引。

お糸　隠居した弥平次の養女で、幸吉を婿に迎えて船宿『笹舟』の女将となった。息子は平次。

弥平次　女房のおまきとともに、向島の隠居家に暮らす。

勇次　元船頭の下っ引。

雲海坊　幸吉の古くからの朋輩で、手先として働く托鉢坊主。ほかの仲間に、しゃぼん玉売りの由松、蕎麦職人見習いの清吉、風車売りの新八がいる。

長八　弥平次のかつての手先。いまは蕎麦屋『藪十』を営む。

新参者

新・秋山久蔵御用控（五）

第一話

浅葱《あさぎ》裏《うら》

一

金龍山浅草寺《せんそうじ》の境内《けいだい》は、参拝客で賑わっていた。

南町奉行所定町廻《じょうまちまわ》り同心の神崎和馬《かんざきかずま》は、岡っ引の柳橋《やなぎばし》の幸吉《こうきち》や下っ引の勇次《ゆうじ》と境内の片隅の茶店で茶を啜《すす》っていた。

仁王門から本堂への参道は、大勢の参拝客や見物客に溢《あふ》れていた。

「いつ来ても賑やかですね、浅草寺は……」

勇次は、呆れたように大勢の参拝客が行き交う参道を眺めた。

本殿の参拝に向かう人々は、列を作ってゆっくりと進んでいた。

「ああ……」

和馬は茶を啜った。

「和馬の旦那……」

幸吉は、多くの人が行き交う参道の一方を見ながら湯呑茶碗を置いた。

「どうした……」

「妙な野郎がいますぜ……」

幸吉は、本殿に向かう人々の中にいる縞《しま》の半纏《はんてん》を着た痩《や》せた男を示した。

「縞の半纏を着た奴か……」

和馬は、縞の半纏を着た男を見定めた。

「ええ。さっきから前にいる大店《おおだな》の主《あるじ》風の旦那に付き纏《まと》っていますよ」

幸吉は、縞の半纏の男の前にいる羽織を着た初老の旦那を示した。

「掏摸《すり》ですかね……」

勇次は眉をひそめた。

「きっとな……」

幸吉は、縞の半纏の男を見たまま頷《うなず》いた。

「よし、眼を離すな……」

和馬、幸吉、勇次は茶店を出た。

初老の旦那は参拝を終え、大勢の参拝客と擦《す》れ違いながら参道を戻り始めた。

前から来たお店者《たなもの》が、擦れ違い態《ざま》に初老の旦那にぶつかった。

初老の旦那はよろめき、倒れ掛けた。

「おっと、危ねえ……」

縞の半纏の男が、倒れ掛けた初老の旦那を背後から抱き止めた。

ぶつかったお店者は詫びもせず、二人を一瞥《いちべつ》して本殿に向かって行った。

「大丈夫ですかい……」

縞の半纏の男は心配した。

「は、はい。ありがとうございます」

「いえ。お気を付けて……」

縞の半纏の男は、足早に立ち去ろうとした。

「待て……」

羽織を着た若い武士が、縞の半纏の男の腕を摑んだ。

「何をしやがる……」

縞の半纏の男は狼狽《うろた》え、抗《あらが》った。

「おぬし、財布はあるか……」

若い武士は、縞の半纏の男を押さえながら初老の旦那に尋ねた。

「えっ……」

初老の旦那は、戸惑った面持ちで己の懐《ふところ》を探った。

「ない。財布がありません……」

初老の旦那は、血相を変えて狼狽えた。

「お前が掏り盗ったのは、確《しか》と見届けたぞ」

若い武士は、縞の半纏の男を厳しく見据えた。

「冗談じゃあねえ。俺が旦那から財布を掏り盗ったって証《あかし》、何処《どこ》にある……」

縞の半纏の男は、若い武士の手を乱暴に振り払った。

若い武士の羽織が翻《ひるがえ》り、浅葱《あさぎ》色の裏地が見えた。

参拝客たちが立ち止まり、眉をひそめて囁《ささや》き合った。

「ならば、懐の中の物を出せ……」

若い武士は命じた。

「ああ。上等だ。何なら裸になってやるぜ」

縞の半纏の若い男は、手早く着物を脱いで下帯一本になった。

巾着《きんちゃく》と手拭などがあっただけで、初老の旦那の財布らしき物はなかった。

「お、御武家さま……」

初老の旦那は、若い武士に困惑した眼を向けた。

「だが、私は見たのだ。此の者がおぬしを助ける振りをして財布を掏り盗ったのを確かに見たのだ……」

若い武士は、焦りを滲《にじ》ませた。

「どうした浅葱裏。俺を掏摸だと抜かして観音さまやみんなの前で裸にしやがって、此の落し前、どうつけてくれるんだ」

縞の半纏の若い男は、下帯一本で威勢良く凄《すご》んだ。

〝浅葱裏〟とは、大名家の勤番侍などが浅葱木綿の裏地の羽織を着ていたのを、吉原遊廓の者たちが笑った処から〝野暮《やぼ》な田舎侍〟の蔑称《べっしょう》となっていた。

「そ、それは……」

若い武士は困惑した。

「粋《いき》がるのも、それぐらいにするんだな」

和馬が現れた。

縞の半纏の男は、微《かす》かな怯《おび》えを過《よ》ぎらせた。

若い武士と初老の旦那は、怪訝《けげん》な面持ちになった。

「お前、宇之助《うのすけ》って名前だそうだな……」

和馬は、縞の半纏の男に笑い掛けた。

幸吉と勇次が、初老の旦那にぶつかったお店者をお縄にして現れた。

宇之助と呼ばれた縞の半纏の男は、脱いだ半纏や着物を抱え、慌《あわ》てて逃げようとした。

刹那《せつな》、若い武士が宇之助に足を引っ掛けて払った。

宇之助は、半纏や着物を放り出して前のめりに倒れた。

「野郎、神妙にしやがれ」

勇次が宇之助に飛び掛かり、素早く縄を打った。

和馬と幸吉は、宇之助が初老の旦那を抱き止めて財布を掏り盗り、ぶつかったお店者に渡したのを見逃さなかった。

和馬は、幸吉と勇次にお店者を捕らえさせ、初老の旦那から掏り盗った財布を見付けたのだ。

「此の財布、お前さんの物かな」

和馬は、幸吉から渡された印伝革《いんでん》の財布を見せた。

「は、はい。手前の物にございます」

初老の旦那は、安堵を浮べた。

「念の為だが、金の他にお前さんの財布だと云う証になる物、何か入っているかな……」

和馬は尋ねた。

「はい。手前は日本橋は室町《むろまち》の人形問屋香月《かづき》の主喜左衛門《きざえもん》と申しまして、財布の中には万一の時の為、名と店の所を記した書付けが入っている筈です」

初老の旦那は告げた。

「和馬の旦那……」

幸吉は、既に財布の中を調べたらしく和馬に頷いて見せた。

「うむ。喜左衛門、どうやら財布はお前さんの物に違いないようだ」

和馬は、財布を喜左衛門に渡した。

「御造作をお掛けしました」

喜左衛門は、和馬に頭を下げた。

「礼なら俺より、此方《こちら》に云うのだな……」

和馬は、若い武士を示した。

「それはもう、本当にありがとうございました」

喜左衛門は、若い武士に深々と頭を下げた。

「いや、何、礼には及ばぬ……」

若い武士は照れた。

「処で私は南町奉行所定町廻り同心の神崎和馬って者だが、おぬしは……」

和馬は、若い武士に笑い掛けた。

「申し遅れました。拙者は肥前国《ひぜんのくに》平戸藩家中の高岡平四郎《たかおかへいしろう》と申します」

若い武士は、平戸藩家中の高岡平四郎と名乗り、屈託のない笑顔を見せた。

月番の南町奉行所には、多くの者たちが公事《くじ》訴訟に訪れていた。

吟味方与力《ぎんみがたよりき》の秋山久蔵《あきやまきゅうぞう》は、用部屋に目付の榊原蔵人《さかきばらくらんど》を迎えていた。

榊原蔵人は、亡くなった父親の榊原采女正《うねめのしょう》の後を継いで目付の役目に就いていた。

「して榊原さま、南町奉行所にわざわざ御出でになった御用とは……」

久蔵は尋ねた。

「それなのですが秋山どの、本郷に住む四百石取りの旗本で大倉祐之助《おおくらゆうのすけ》と申す者がおりましてね……」

「大倉祐之助、役目は……」

「御納戸《おなんど》の組頭の一人です」

〝納戸方〟とは、将軍家の金銀、衣服、調度の出納《すいとう》、献上品や下賜《かし》の金品を司る役目であり、納戸頭が二人、組頭が五人、納戸衆は五十六人が定員とされていた。

大倉祐之助は、五人いる組頭の一人だった。

「ほう、納戸組頭ですか……」

納戸組頭は、出入りの商人との接触もあり何かと旨味のある役目だ。

「はい。で、いろいろと噂がありましてね」

蔵人は眉をひそめた。

「噂ですか……」

「ええ……」

「大倉祐之助、出入りの商人から賄賂《まいない》でも貰っていますか……」

久蔵は苦笑した。

「きっと貰っているでしょうが、それより大倉祐之助、無類の女好きだそうでしてね」

「女好き……」

久蔵は眉をひそめた。

「ええ。で、出入りの商人の若女房や娘に手を出しており、中には手込めにされて自害した者もいるとか……」

蔵人は、腹立たしげに告げた。

「手込めにされて自害……」

「はい。ですが、此は飽《あ》く迄《まで》も噂です……」

納戸組頭の大倉祐之助は、その立場を利用して出入りの商人の女房娘に手を出し、その一人を自害に追い込んだとの噂があるのだ。

「もし、その噂が真《まこと》なら、放っては置けませんか……」

久蔵は、蔵人の腹の内を読んだ。

「はい。外道《げどう》の振る舞い。許せません。如何《いかが》でしょう秋山どの、その噂、真かどうか確かめては戴《いただ》けませんか……」

蔵人は、若々しい顔に怒りを滲ませて久蔵に頼んだ。

「分かりました……」

久蔵は、目付榊原蔵人の若々しい怒りに微笑《ほほえ》んだ。

久蔵は、帰る目付榊原蔵人を見送り、和馬を用部屋に呼んだ。

「御用ですか……」

和馬は、直《す》ぐにやって来た。

「うむ。明日から調べて貰いたい事がある」

「何でしょうか……」

「うむ。近頃、公儀に出入りを許されている商人の女房娘で自害した者はいないか……」

「御公儀出入りの商人の女房娘で自害した者ですか……」

和馬は眉をひそめた。

「そうだ……」

「秋山さま、宜《よろ》しければ仔細を……」

「和馬、納戸組頭に大倉祐之助って奴がいてな……」

久蔵は、榊原蔵人に聞いた話を和馬に教え始めた。

「成る程、大倉祐之助、噂が本当なら役目を笠に着た外道ですね……」

「ああ……」

「調べるのは構いませんが、御公儀出入りの商人となると数も多く、かなりの手間暇が掛かるでしょうね」

「そこでだ。納戸衆に森川孝之助《もりかわこうのすけ》と云う奴がいる。そいつに訊いてみるんだな」

「森川孝之助ですか……」

「ああ。元は今井《いまい》孝之助と云って、森川家の婿養子に入った奴だ」

「婿養子ですか……」

「ああ……」

「その森川孝之助、話してくれますかね」

和馬は首を捻《ひね》った。

「駄目な時は、秋山久蔵が宜しく云っていたとな……」

「森川孝之助、お知り合いなんですか……」

「孝之助の奴、餓鬼《がき》の頃の遊び仲間でな、金欲しさに賭場で如何様《いかさま》を働き、博奕《ばくち》打ちに嬲《なぶ》り殺しにされそうになり、ちょいと助けてやった事がある。それに他にもいろいろとな……」

久蔵は苦笑した。

「そいつは良い。して、森川孝之助の屋敷は何処ですか……」

「小石川の牛天神の前だ。明日にでも訊きに行ってくれ……」

「分かりました……」

和馬は頷いた。

用部屋の障子に夕陽が映えた。


小石川竜門寺には、長さ五尺、幅三尺、高さ二尺五寸の牛石があり、俗に牛天神と呼ばれ庶民に親しまれていた。

納戸衆の森川孝之助の屋敷は、牛天神の前の旗本屋敷の連なりの中にあった。

和馬は、幸吉と共に森川屋敷を訪れ、秋山久蔵の使いの者だと告げた。

森川孝之助は、久蔵の名前が効いたのか和馬と幸吉を直ぐ座敷に通した。


「どうぞ……」

森川の妻女は、和馬と幸吉に茶を差し出した。

「畏《おそ》れ入ります……」

和馬と幸吉は、恐縮してみせた。

「主は直ぐに参ります」

森川の妻女は、和馬と幸吉を冷たく一瞥して座敷から出て行った。

「嬶《かかあ》天下のようだな……」

和馬は苦笑した。

「婿養子の辛さですかね……」

幸吉は頷き、茶を啜った。

「待たせたな。森川孝之助だ……」

森川孝之助が、落ち着かない風情《ふぜい》で入って来て上座に座った。

「私は南町奉行所定町廻り同心の神崎和馬で、こっちは岡っ引の幸吉……」

「分かった。して、久蔵の使いとは……」

森川は遮《さえぎ》り、先を促した。

「はい。組頭の大倉祐之助さまの噂について聞いて来いと……」

「大倉さまの噂……」

森川は、戸惑いと緊張を滲ませた。

「左様。役目を利用して出入りの商人の女房や娘に手を出し、中には手込めにされて自害した者がいると云う噂……」

和馬は、森川の反応を窺《うかが》った。

森川は、狼狽えたように顔を歪《ゆが》めた。

「その噂、どうやら本当のようですな」

和馬は、森川を見据えた。

「して久蔵は、何と……」

森川は、微かな怯えを過ぎらせた。

「もし、教えてくれなければ、納戸頭の方々や奥さまに若い頃の事、若気の至りと笑って済まされぬ事などを話すとか……」

和馬は、森川を見据えて告げた。

「お、奥にも……」

森川は驚き、血相を変えて座敷の外を気にした。

「如何にも……」

和馬は、深刻な面持ちで頷いた。

「ま、真だ。噂は本当だ……」

森川は、血の気の引いた顔で頷いた。

「じゃあ、大倉祐之助さまに手込めにされて自害したのは何処の誰です……」

和馬は訊いた。

「芝は増上寺《ぞうじょうじ》前の宇田川町にある加賀屋《かがや》と云う漆器屋《しっきや》の若旦那のお内儀《ないぎ》だ」

「宇田川町の加賀屋の若旦那のお内儀……」

和馬は知った。

「そうだ。俺が知っているのはそれだけだ」

森川は、溜息を吐《つ》いた。

「そうですか。ならば此にて……」

和馬は会釈をした。

「きゅ、久蔵は……」

森川は、焦りを滲ませた。

「森川さまには快くお話し下さり、秋山さまもお喜びにございましょう」

「そうか、久蔵は喜ぶか……」

森川は、安堵を浮べた。

「はい。では森川さま、此の事、呉々《くれぐれ》も他言は無用。特に大倉祐之助さまには……」

和馬は、笑顔で念を押した。

森川屋敷の潜《くぐ》り戸は、下男によって閉められた。

和馬と幸吉は、森川屋敷から水戸藩江戸上屋敷の前の往来に向かった。

「宇田川町は漆器屋加賀屋か……」

「ええ。若旦那の女房ですか、酷《むご》い話ですね」

幸吉は眉をひそめた。

「うん……」

「それにしても秋山さま、森川さまの弱味をいろいろ握っているんですね」

幸吉は笑った。

「ああ、俺も驚いたよ」

和馬は苦笑した。

「えっ……」

幸吉は戸惑った。

「実はな、俺が秋山さまから聞いているのは、如何様博奕を働いて殺されそうになり、秋山さまが助けたって事だけだよ」

「じゃあ後は……」

「森川が婿養子で嬶天下となれば、奥さま絡みにすれば、慌てると思ってな。鎌を掛けたようなもんだ……」

和馬は、面白そうに笑った。

「そうでしたか、脅したり賺《すか》したり、和馬の旦那も巧妙になりましたね」

幸吉は感心した。

「そりゃあ幸吉、若い頃から秋山さまや向島《むこうじま》の隠居に仕込まれて来たからな。さあて、噂が本当だとなると、外道の大倉祐之助、今は何をしているかだ……」

「ええ。本郷御弓町《おゆみちょう》の大倉屋敷には、勇次たちが行っています。行ってみますか……」

「うん……」

和馬と幸吉は、本郷御弓町に向かった。


本郷御弓町の旗本屋敷街には、物売りの売り声が長閑《のどか》に響いていた。

大倉祐之助は非番であり、屋敷は表門を閉めていた。

勇次は、新八《しんぱち》と近所の屋敷の奉公人や出入りの商人たちに聞き込みを掛け、大倉屋敷の前に戻っていた。

「勇次の兄貴。親分と神崎の旦那です……」

新八が、武家屋敷街の一方を指差した。

和馬と幸吉がやって来た。

牛天神前から本郷御弓町の間には、水戸藩江戸上屋敷があるぐらいで遠くはない。

「どうだ……」

幸吉は尋ねた。

「大倉祐之助さま、奉公人には何かと口煩《うるさ》い主だそうですよ」

勇次は告げた。

「口煩い主か……」

「で、奥方との間はどうなんだ」

和馬は訊いた。

「それはもう、悪いそうですよ……」

「やっぱりな……」

和馬は笑った。

「ええ。大倉屋敷の女中を始めとした女の奉公人は皆、醜女《しこめ》だそうでしてね。陰で醜女屋敷と呼ばれていましたよ」

勇次は、妙な事を云った。

「醜女屋敷……」

和馬と幸吉は、戸惑いを浮べた。

「ええ。ちょいと美形だったら大倉さまが直ぐ手を出すそうでして、奥方さまが女の奉公人は醜女か年寄りしか雇わないとか……」

勇次は苦笑した。

「それで醜女屋敷か……」

幸吉は眉をひそめた。

「はい。奥方さまも大変ですよ……」

勇次は、大倉の奥方に同情した。

「それ程の女好きとなると、もう病だな……」

和馬は呆れた。

「ええ。それで和馬の旦那と親分の方はどうでした……」

勇次は尋ねた。

「そいつが、どうやら噂は本当だったよ」

幸吉は告げた。

「本当ですか。で、手込めにされて自害した女ってのは……」

勇次は眉をひそめた。

「宇田川町の漆器屋、加賀屋の若旦那のお内儀だ……」

和馬は、腹立たしげに告げた。

「そうですか、加賀屋って漆器屋の若旦那のお内儀でしたか……」

「うん。これから行ってみるが、勇次と新八は引き続き、大倉祐之助さまの動きを見張り、狙っている女がいるかどうか、探ってみてくれ」

幸吉は命じた。

「承知しました」

勇次と新八は頷いた。

二

宇田川町の漆器屋『加賀屋』は、御公儀御用達《ごようたし》の金看板を掲げた老舗《しにせ》だった。

和馬と幸吉は、漆器屋『加賀屋』の様子を見てから宇田川町の自身番を訪れた。

「加賀屋の若内儀さんですか……」

家主と店番《たなばん》は、顔を見合わせた。

「うむ。自害したと聞いたが、仔細を教えて貰おうか……」

和馬は、番人の淹《い》れてくれた茶を啜った。

「は、はい。去年の春の事ですが、加賀屋の若旦那修吉《しゅうきち》さんのお内儀のおしまさん、金杉橋から古川に身投げを……」

家主は眉をひそめた。

「自害は身投げだったか……」

大倉祐之助に手込めにされた漆器屋『加賀屋』の若旦那の内儀のおしまは、金杉橋から身投げをしていた。

「はい。若旦那の修吉さんとの夫婦仲は良かったのですが、何があったのか……」

家主は、身投げをしたおしまを哀れんだ。

「で、若旦那の修吉さんは……」

幸吉は、身投げしたおしまの夫の若旦那の修吉が気になった。

「それが、おしまさんが身投げをしてからは、人が変わってしまって……」

店番は、吐息混じりに告げた。

「人が変わった……」

幸吉は眉をひそめた。

「ええ。熱心だった商いも放り出し、酒浸《びた》りになりましてね。今じゃあ、酒を飲みに出掛けたら滅多に帰って来ないようですよ」

「酒浸りですか……」

「はい……」

「修吉の気持ち、分からないでもないな」

和馬は洩らした。

「和馬の旦那……」

「幸吉、俺も修吉と同じ目に遭えば、きっと同じ真似をするかもしれぬな……」

和馬は、微禄を遣《や》り繰《く》りして神崎家を支えてくれている百合江《ゆりえ》を思い出した。

「ええ……」

幸吉は、和馬と百合江の睦《むつ》まじさを思い出した。

大倉屋敷は静寂に包まれていた。

勇次と新八は、斜向《はすむか》いの路地から交代で大倉屋敷を見張った。

大倉祐之助は、非番でありながら出掛けもせずにいた。

新八は見張った。

若い武士が、数軒先の旗本屋敷の門前を掃除している下男に何事かを尋ねた。

下男は、大倉屋敷を指差した。

若い武士は、礼を云って大倉屋敷にやって来た。

新八は、路地の奥で休んでいた勇次を呼んだ。

「勇次の兄貴……」

「どうした……」

勇次は、路地の奥から出て来た。

「大倉屋敷にお客のようですぜ……」

新八は、大倉屋敷の門前に佇《たたず》んだ若い武士を示した。

「えっ……」

勇次は、若い武士を見て戸惑った。

若い武士は、浅草寺の掏摸騒ぎの時の高岡平四郎だった。

「知っているんですか……」

新八は眉をひそめた。

「高岡平四郎さんだ……」

「高岡平四郎さん……」

「浅草の掏摸騒ぎを話しただろう」

「ああ。その時の御武家さんですか……」

「うん……」

勇次は、高岡平四郎を見守った。

平四郎は、大倉屋敷の様子を窺っていた。

「大倉屋敷に何か用があるんですかね」

「きっとな……」

勇次は頷いた。

平四郎は、急に踵《きびす》を返して物陰に隠れた。

勇次と新八は緊張した。

大倉屋敷の潜り戸が開き、羽織袴の中年の武士が家来を従えて出て来た。

羽織袴の中年の武士は、納戸組頭の大倉祐之助か……。

勇次と新八は、見定めようとした。

羽織袴の中年の武士は中間《ちゅうげん》に見送られ、家来を従えて本郷の通りに向かった。

大倉祐之助に間違いない……。

勇次と新八は見定め、大倉祐之助と家来を尾行《つけ》ようとした。

その時、高岡平四郎が物陰から現れ、大倉と家来を追った。

高岡平四郎と大倉祐之助の間には、何かがあるのだ……。

勇次の勘が囁いた。

「勇次の兄貴……」

「追うぜ……」

勇次は、大倉と家来を尾行る高岡平四郎の後を追った。

「合点です」

新八は続いた。

勇次と新八は、大倉と家来を尾行る高岡平四郎を追った。

大倉祐之助は、家来を従えて本郷通りに向かった。

高岡平四郎は、慎重に尾行た。

勇次と新八は追った。

大倉と家来は、本郷の通りに出た。そして、家来は大倉に一礼をして本郷の通りを湯島に向かった。

大倉は見送り、本郷の通りを横切って切通しに進んだ。

高岡平四郎は、僅《わず》かな迷いを見せたが大倉を追った。

「勇次の兄貴……」

「うん。新八、家来を追ってくれ」

「承知……」

新八は、家来を追った。

勇次は、大倉を尾行る高岡平四郎に続いて切通しに進んだ。

納戸組頭の大倉祐之助の噂は本当だった。

「じゃあ何か、大倉の野郎、去年の春に宇田川町の漆器屋加賀屋の若旦那のお内儀おしまに懸想《けそう》して手込めにした。おしまは、嘆《なげ》き哀しみ、それを苦にして金杉橋から古川に身投げしたか……」

久蔵は眉をひそめた。

「はい。森川孝之助さんを始め、いろいろな者に聞き込みを掛けてみましたが、どうやらそのようですね」

和馬は頷いた。

「だが、懸想され手込めにされたおしまが身投げをした今、確かな証拠は残されてはいないか……」

久蔵は読んだ。

「はい。残念ながら確かな証拠が残されていない限り、噂はやはり噂に過ぎず、大倉祐之助の悪事は問えません……」

和馬は、腹立たしげに告げた。

「うむ。して和馬、今、大倉祐之助は……」

「はい。柳橋の処の勇次と新八が見張っています」

「そうか。和馬、加賀屋のおしまの一件に確かな証拠が残されていないのなら、大倉祐之助の野郎が次にする事を見逃さず、悪事の確かな証拠を押さえるしかあるまい……」

久蔵は、厳しく云い放った。

不忍池《しのばずのいけ》は夕陽に煌《きら》めいていた。

大倉祐之助は、不忍池の畔《ほとり》の料理屋『梅川《うめかわ》』に入って行った。

高岡平四郎は、物陰から見送った。
勇次は、平四郎を見守った。
大倉は、料理屋『梅川』で誰かと逢うのか……。
平四郎は、どうして大倉を見張り、何をしようとしているのか……。
勇次は、大倉が入った料理屋『梅川』と平四郎を見守った。

日本橋の通りには、大勢の人が行き交っていた。
大倉祐之助の家来は、室町三丁目にある人形問屋『香月』を訪れた。
新八は見届けた。
大倉の家来は、人形問屋『香月』に何しに来たのか……。
新八は、人形問屋『香月』の店内を窺った。
大倉の家来は、店内の帳場で旦那らしき初老の男と何事かを話していた。
初老の男は、固い顔に困惑を滲ませていた。
何か無理な事を云われているのか……。
新八は見守った。

料理屋『梅川』には客が出入りしていた。
下足番は帰る客を見送り、訪れた客を店に誘《いざな》っていた。
平四郎は、下足番が訪れた客を店に誘って行くのを見計らって横手に走り込んだ。
勇次は戸惑った。
平四郎は、料理屋『梅川』の横手から裏に廻り、座敷の大倉を捜すつもりなのだ。
勇次は睨《にら》み、下足番の動きを見定めて平四郎に続いた。

勇次は、植込み伝いに庭に忍び込んだ。
庭に面して座敷が連なり、客のいる処には明かりが灯《とも》されていた。
勇次は、庭の隅の暗がりに平四郎が潜んでいるのに気が付いた。
平四郎は、明かりの灯されている座敷を見詰めていた。
勇次は、平四郎の視線を追った。
視線の先の座敷には、大倉祐之助が商家のお内儀風の女と酒を飲んでいた。
勇次は眉をひそめた。

大倉は、薄笑いを浮べてお内儀風の女に酒を勧めていた。
お内儀風の女は、身を固くして大倉の酌《しゃく》を受けていた。
平四郎は、懐から手拭を出して素早く頰被りをした。
何をする気だ……。
勇次は戸惑った。
大倉は立ち上がり、薄笑いを浮べて座敷の障子を閉めた。
大倉の野郎……。
勇次は、微かな焦りを覚えた。
刹那、手拭で頰被りをした平四郎が暗がりを出て大倉の座敷に猛然と走った。
わっ……。
勇次は驚いた。
平四郎は、閉められた障子を開けて大倉の座敷に飛び込んだ。
大倉の怒声があがった。
だが、怒声は悲鳴に変わり、大倉が庭に突き飛ばされて無様《ぶざま》に転がった。
勇次は眼を瞠《みは》った。
頰被りをした平四郎が追って現れ、倒れている大倉を殴り蹴飛ばした。

大倉は、悲鳴をあげて無様に転げ廻った。

お内儀風の女は、座敷の障子の陰で着崩れた着物を直していた。

その横顔には、微かな安堵が浮かんでいた。

他の座敷の客が覗《のぞ》き、店の者たちが庭に駆け付けて来た。

平四郎は、気を失った大倉を残し、浅葱裏の羽織を翻して逃げた。

勇次は、慌てて続いた。


高岡平四郎は、頬被りを取りながら夜の不忍池の畔を走った。

勇次は追った。

平四郎は、不忍池の畔から下谷《したや》広小路を駆け抜け、御徒町《おかちまち》に向かった。

御徒町を抜ければ、浅草三味線堀に出る。そして、元鳥越には肥前国平戸藩江戸上屋敷があった。

平四郎は、平戸藩江戸上屋敷に帰る……。

勇次は読んだ。

夜廻りの打つ拍子木の音は、夜の町に甲高く響き渡った。

庭は綺麗に手入れされ、紫陽花《あじさい》が咲き誇っていた。

「どうぞ……」

百合江は、縁側に腰掛けて庭を眺めていた幸吉に茶を差し出した。

「こりゃあ、御造作をお掛けします」

「いいえ。主は間もなく参ります」

「はい。戴きます……」

幸吉は、茶を啜った。

「柳橋の親分さん、今度は何やら酷《ひど》い旗本を探っているそうですね」

百合江は眉をひそめた。

「え、ええ。役目を笠に着て出入りの商人を苦しめていましてね。秋山さまのお声掛かりで探索をしています」

「何でも商人のお内儀を身投げに追い込んだとか、許せませんね」

百合江は、厳しい面持ちで自分の言葉に頷いていた。

どうやら、和馬は百合江に一件のあらましを喋《しゃべ》っているようだ。

「ええ。残された亭主は酒浸りになりましてね。気の毒な話ですよ」

「本当に……」

百合江は、残された亭主に同情した。

「和馬の旦那、自分もそんな眼に遭ったら同じ事になるだろうな、と仰《おっしゃ》っていましたよ」

「まあ……」

百合江は驚いた。

「ま、和馬の旦那ですから、その前に酷い旗本を叩き斬るでしょうがね……」

幸吉は笑った。

「そんな……」

百合江は言葉を失った。

「和馬の旦那、奥さまにぞっこんですからね」

幸吉は苦笑した。

「ぞっこん、ですか……」

百合江は、幸吉に怪訝な眼を向けた。

「ええ、ぞっこんですよ」

「柳橋の親分さん、ぞっこんとはどのような意味にございますか……」

百合江は、〝ぞっこん〟の意味を知らなかった。

「えっ。ぞっこんはぞっこんですが……」

幸吉は、戸惑いを浮かべた。

〝ぞっこん〟とは、〝全く、すっかり、しんから〟などの意味があり、〝ぞっこん惚れ込む〟などと使われる。

「そうですか……」

「待たせたな、柳橋の……」

和馬がやって来た。

「こりゃあ和馬の旦那……」

幸吉は挨拶をした。

「お茶を……」

百合江は、台所に立った。

「何だか楽しそうだったな……」

「ええ、まあ。それより和馬の旦那、妙な事になって来ましたよ」

「妙な事……」

「ええ。昨夜、大倉祐之助が家来と出掛けましてね……」

「うむ……」

「何と高岡平四郎さんが現れ、大倉祐之助を尾行たそうです」

「高岡平四郎って、浅草寺の掏摸の一件の時の平四郎か……」

和馬は、微かな戸惑いを過ぎらせた。

「ええ。その高岡平四郎さんですぜ……」

幸吉は頷いた。

「で、高岡平四郎、大倉祐之助を追ってどうしたのだ」

「大倉祐之助が不忍池の畔の料理屋でお店のお内儀風の女と逢い、座敷の障子を閉めた時、高岡平四郎さんが猛然と座敷に駆け込み、大倉を庭に突き飛ばして殴り蹴って逃げ去ったとか……」

幸吉は、面白そうな笑みを浮かべた。

「って事は何か、高岡平四郎は大倉祐之助がお店のお内儀を手込めにでもしようとしたのを邪魔をしたって訳か……」

和馬は読んだ。

「ええ。で、高岡平四郎、浅草鳥越の平戸藩江戸上屋敷に帰ったそうです」

「そうか……」

「それから、大倉祐之助の家来ですがね。尾行た新八によれば、日本橋は室町三丁目の人形問屋の香月を訪れたそうですぜ」

「室町の人形問屋香月。何処かで聞いた名前だな……」

和馬は眉をひそめた。

「ええ、浅草寺で財布を掏られた旦那、喜左衛門さんの店ですよ」

幸吉は、小さな笑みを浮かべた。

「ああ。そうか……」

和馬は思い出した。

「じゃあ何か、大倉祐之助の一件には、平戸藩家臣の高岡平四郎と人形問屋香月の喜左衛門が何らかの拘《かかわ》りがあるのか……」

和馬は、困惑を浮かべた。

「そうなりますね……」

幸吉は、厳しい面持ちで頷いた。

平戸藩家臣の高岡平四郎と人形問屋『香月』喜左衛門は、納戸組頭の大倉祐之助とどのような拘りがあるのか……。

和馬と幸吉は、組屋敷を出て数寄屋橋《すきやばし》御門内の南町奉行所に向かった。

八丁堀の往来には、南北両町奉行所に出仕する与力同心たちが行き交っていた。

三

本郷御弓町の大倉屋敷は、表門を固く閉じていた。

新八と由松《よしまつ》は、大倉屋敷の向かい側の旗本屋敷の中間長屋の一室を借り、見張り場所にした。

由松と新八は、交代で武者窓から大倉屋敷を見張った。

大倉祐之助は、昨夜遅く町駕籠《かご》に乗って帰って来た。そして、今日は非番でもないのに出仕をせずに休んだ。

「昨夜、料理屋で高岡平四郎って人に痛め付けられ、面《つら》に青痣《あざ》でも出来たんだろう」

由松は嘲笑《あざわら》った。

「そんな処ですかね……」

新八は、大倉屋敷を見張った。

元鳥越の平戸藩江戸上屋敷は、藩主が登城した後の気楽さが漂《ただよ》っていた。

勇次は、高岡平四郎が出て来るのを待った。

平戸藩江戸上屋敷からは、参勤交代で江戸に来た家臣たちが連れ立って江戸見物に出掛けたりしていた。

おそらく高岡平四郎は、参勤交代の供侍として江戸に来ている浅葱裏の一人なのだ。参勤交代で来た供侍は、江戸での役目は取り立ててなく、名所見物に励んでいた。平四郎が浅草寺にいたのも見物に来ていたのだ。

勇次は睨んだ。

平四郎は、公儀納戸組頭の大倉祐之助を痛め付けた事を誰かに報《しら》せに行くのかもしれない。

もしそうすれば、平四郎が大倉祐之助を痛め付けた理由が分かる。

勇次は、平四郎が出掛けるのを待った。


人形問屋『香月』の店内には、様々な人形が飾られていた。

和馬と幸吉は、飾られている様々な人形を眺めた。

「これはこれは神崎さま、柳橋の親分さん……」

主の喜左衛門が、番頭を従えて奥から出て来た。

「やあ。喜左衛門……」

「喜左衛門の旦那、今日はちょいとお尋ねしたい事がありましてね」

幸吉は、笑顔で告げた。

「そうですか、どうぞお上がり下さい」

喜左衛門は、和馬と幸吉を帳場の奥の座敷に誘った。


「本当に浅草寺ではお世話になりました」

喜左衛門は、手代の持って来た茶を和馬と幸吉に差し出した。

「いや。役目だ。礼には及ばぬ……」

和馬は微笑み、茶を啜った。

「で、旦那さま、その後、高岡平四郎さんとは……」

幸吉は、何気なく探りを入れた。

「えっ……」

喜左衛門は、戸惑いを浮かべた。

「浅草寺で掏摸を捕まえてくれた高岡平四郎さんです。逢う事はないのですか

「……」

幸吉は眉をひそめた。

「あっ、はい。平四郎さまには、お助け戴いた御礼にお招き致しましてね。一度、お見えになりました」

喜左衛門は微笑んだ。

「そうですか……」

「処で喜左衛門、香月は御公儀御用達ではないのだな」

和馬は尋ねた。

「はい。御用達の金看板を戴こうとは思いましたが、いろいろありまして……」

「ならば、納戸組頭の大倉祐之助さまは知っているかな……」

「そ、それはもう……」

喜左衛門は、戸惑ったように和馬を見詰めて頷いた。

「成る程、それで大倉さまの使いが来たのですか……」

「えっ……」

喜左衛門は、微かな動揺を過ぎらせた。

「昨日、大倉さまの使いが来ていたようだが、何の用でしたか……」

「は、はい。公儀御用達の事で……」

喜左衛門は、言葉を濁《にご》した。

「ほう。公儀御用達はいろいろあって、話が進んでいないのではないのか……」

「はい。左様にございます。ですが、大倉さまが御用達に推挙すると熱心に……」

喜左衛門は、困惑を滲ませた。

「ほう。納戸組頭の大倉さまの御推挙があれば、御用達は容易ではないのかな……」

和馬は、首を捻った。

「はい。それはそうなのですが……」

喜左衛門は眉をひそめた。

人形問屋『香月』喜左衛門は、御公儀御用達に乗り気ではないのだ。

和馬と幸吉は気が付いた。

何故だ……。

公儀御用達の金看板は、大店なら必ず欲しがる物だ。

それが、乗り気ではないのは何故なのか……。

和馬と幸吉は気になった。

「そうか。ま、良い。処で喜左衛門、大倉祐之助さまの噂、何か聞いちゃあいないかな」

和馬は尋ねた。

「えっ。いえ、別に何も……」

喜左衛門は、落ち着かない風情で茶を飲んだ。

潮時だ……。

和馬は見極めた。

「そうか。良く分かった。じゃあ柳橋の……」

和馬は、幸吉に目配せをした。

「はい……」

幸吉は頷いた。

「邪魔をしたな、喜左衛門……」

和馬は告げた。

「は、はい。何のお構いもせず……」

喜左衛門は、浮かぶ安堵をそれとなく隠した。

和馬と幸吉は、人形問屋『香月』を振り返った。

「大倉さまとの間に何かありますね……」

幸吉は眉をひそめた。

「ああ。大倉の公儀御用達の推挙を何故に断るのかだ……」

和馬は苦笑した。

人形問屋『香月』の小僧が現れ、店先の掃除を始めた。

「和馬の旦那、ちょいとお待ちを……」

幸吉は、掃除をしている小僧に駆け寄った。

和馬は見守った。

幸吉は、小僧と何事か言葉を交わして和馬の許に戻って来た。

「どうだった。娘はいたかな……」

和馬は、幸吉が小僧に何を訊きに行ったか読んでいた。

「はい。おみなさんと仰る十八歳のお嬢さんがいらっしゃるとか……」

和馬の読みは当たっていた。

「十八歳のおみなか……」

「ええ。何でも室町小町と評判のお嬢さんだそうですよ」

幸吉は苦笑した。

「そうか。大倉祐之助が香月を公儀御用達に推挙する理由、その辺にありそうだな」

和馬は睨んだ。


平戸藩江戸上屋敷から高岡平四郎が現れ、神田川に向かった。

勇次は追った。

平四郎は、神田川沿いを進んで新シ橋を渡った。

何処に行く……。

勇次は続いて新シ橋を渡り、充分な距離を取って平四郎を追った。

神田川の流れは煌めいていた。


不忍池の畔の料理屋『梅川』は、開店の仕度《したく》に忙しかった。

雲海坊《うんかいぼう》は、店先の掃除をしている下足番に金を握らせた。

「で、お坊さま、何か……」

下足番は、嬉しげに金を握り締めた。

「昨夜、梅川で騒ぎがあったそうですね」

「はい……」

「その時、御武家と一緒に座敷にいた女性は、何処の誰か分かりますかな」

「一緒にいた女の方ですか……」

「左様……」

「それが、お納戸組頭の大倉祐之助さまの連れだと仰いましてね。それで、座敷にお通ししたのですが……」

下足番は眉をひそめた。

「ならば、名や身許は分からぬのかな……」

「はい。ですが、身形《みなり》は何処かの大店のお内儀さんのようでございました」

下足番は、申し訳なさそうに頷きながら渡された金を握り締めた。

「やはり、大店のお内儀さんですか……」

「はい。きっと……」

下足番は頷いた。

昨夜、大倉が一緒にいた女は、やはり役目を笠に着て呼び出した大店のお内儀なのだ。

雲海坊は眄んだ。

そのお内儀から大倉に手込めにされ掛けたとの証言を取れば、噂を裏付ける確かな証拠になる。

「ならば、女将《おかみ》さんや仲居にお内儀が何処の誰か知らぬか、それとなく訊いてみてはくれませぬか……」

「はい。そいつは構いませぬが。お坊さま……」

下足番は、微かな不安を過ぎらせた。

「うむ。長い間、病に伏せっている檀家《だんか》の者が、お内儀に御武家の間男《まおとこ》がいるのではないかと心配し、短い寿命を尚も縮めていましてな。余りにも哀れ……」

雲海坊は嘘偽りを述べ、痛ましげに手を合わせて経を呟《つぶや》いた。


日本橋の通りは、左右に様々な店が連なって賑わっていた。

高岡平四郎は、落ち着いた足取りで日本橋の通りを進んだ。

勇次は、慎重に尾行た。

平四郎は、室町に進んで一軒の店に入った。

勇次は、足早に進んで平四郎の入った店を窺った。

店は、『香月』と書かれた看板を掲げた人形問屋だった。

室町の人形問屋の香月……。

勇次には、聞いた覚えがあった。

浅草寺境内で掏摸に財布を狙われた喜左衛門の店……。

勇次は、直ぐに思い出した。

高岡平四郎は、喜左衛門の店を訪れたのだ。

掏摸騒ぎの一件以後、平四郎と喜左衛門は付き合っているのかもしれない。

勇次は、人形問屋『香月』の店内を窺った。

店内の帳場には、喜左衛門と平四郎の姿はなかった。

奥に入った……。

勇次は読んだ。


母屋の座敷は、日本橋の通りの店とは思えない静けさだった。

喜左衛門は、高岡平四郎を母屋の座敷に通した。

「神崎さんと柳橋の親分が……」

平四郎は眉をひそめた。

「ええ……」

　喜左衛門は頷いた。

「何しに来たのですか……」

「それが、大倉祐之助さまとは、どのような拘りなのかを訊きに……」

「大倉祐之助との拘りを……」

　平四郎は、厳しさを浮かべた。

「ええ。何故か大倉さまの家来が来たのを知っていましてね。それで訊きに来たような……」

　喜左衛門は眉をひそめた。

「大倉の家来が来たのを知っていた……」

「ええ……」

「ならば、神崎さんたちは大倉祐之助を見張っているのかもしれませんね……」

　平四郎は読んだ。

　読みが正しく、神崎や柳橋の幸吉たちが大倉を見張っているとしたら、昨夜の梅川の一件も見届けている筈だ。そして、俺の事にも気が付いているのかもしれない。

油断はならない……。

平四郎は、微かな緊張を覚えた。

「で、平四郎さん、昨夜は……」

「うむ。大倉の奴、やはり不忍池の梅川にお店のお内儀を呼び出していてな。手拭で顔を隠して乗り込み、厳しく懲らしめてやりましたよ」

平四郎は苦笑した。

「それはそれは、御苦労でしたね」

「なに、造作もない事です。女と見れば見境のない色狂い。武士の面汚し。喜左衛門どの、そのような愚か者の言いなりになってはなりませんよ」

「云われる迄もなく……」

喜左衛門は頷いた。

「お父っつぁん……」

娘のおみなが、女中たちと膳を持って来た。

「おお。おみな、平四郎さんに……」

「はい……」

おみなは、平四郎の前に膳を置き、徳利を手にした。

「平四郎さま、どうぞ……」

おみなは、頬を赤く染めて平四郎に徳利を向けた。

「此は忝《かたじけな》い……」

平四郎は膳の上の猪口《ちょこ》を取り、おみなの酌を嬉しげに受けた。

喜左衛門は、おみなと平四郎を好ましく見守った。


由松と新八は、旗本屋敷の中間長屋から大倉屋敷を見張った。

大倉屋敷から家来が出て来た。

「大倉の家来ですぜ……」

新八は、武者窓の外に見える家来を示した。

「野郎、何て名前かな……」

由松は、旗本屋敷の中間に訊いた。

中間は武者窓を覗いた。

「ああ、野郎は川田吉兵衛《かわだきちべえ》だ」

「川田吉兵衛か。よし、新八、ちょいと追ってみるぜ」

「承知……」

新八は頷いた。

由松は、身軽に中間長屋から出て行った。

川田吉兵衛は、本郷の通りに向かっていた。

由松は追った。

何処に行くのだ……。

由松は、川田の足取りを窺った。

川田の足取りに迷いはなく、行き先は決まっているようだ。

主の大倉祐之助の使いに行くのか……。

由松は読んだ。


不忍池の畔の料理屋『梅川』には、客が出入りしていた。

雲海坊は、経を読みながら料理屋『梅川』の前に差し掛かった。

料理屋『梅川』から出て来た下足番が、雲海坊に駆け寄った。

「お坊さま……」

「おお、なんですかな……」

雲海坊は立ち止まった。

「例の大倉さまと御一緒していたお内儀さんですが……」

「何処の誰か分かりましたか……」

「はい。仲居の話では、浅草は広小路にある仏具屋のお内儀さんのようですよ」

下足番は囁いた。

「浅草広小路の仏具屋……」

「ええ。病に伏せっている檀家の方ですか……」

「いいえ。拙僧の檀家は仏具屋ではないから違うようです」

雲海坊は微笑んだ。

「そうですか、違いましたか……」

下足番は落胆した。

「いえ。お陰で違うと分かり、病で伏せっている檀家には一安心です」

雲海坊は、下足番に手を合わせて頭を下げた。

浅草広小路に仏具屋が何軒あるかは分からない。だが、女好きの大倉祐之助が手を出す程の女となると、そう多くはない筈だ。

雲海坊は、浅草広小路に急いだ。

大倉祐之助の家来の川田吉兵衛は、切通しから下谷広小路を抜け、御徒町から浅草に向かっていた。

由松は追った。

浅草の何処に行くのだ……。

由松は、川田吉兵衛を尾行た。


浅草広小路は、金龍山浅草寺の参拝客や遊びに来た客で賑わっていた。

雲海坊は、浅草広小路に続く東仲町の木戸番を訪れた。

「お武家に懸想されるような仏具屋のお内儀ですかい……」

木戸番の良吉《りょうきち》は雲海坊の素性《すじょう》を知っており、親しげに笑い掛けた。

「ああ。知らないかな……」

雲海坊は尋ねた。

「いますよ、一人。色っぽい年増が……」

「いるか……」

「でも、お内儀さんじゃありませんよ」

「お内儀さんじゃあない……」

　雲海坊は眉をひそめた。

「ええ。此の先にある喜多川《きたがわ》って仏具屋の女主のおせんさんって人ですよ」

「仏具屋喜多川の女主のおせんさんか……」

　料理屋『梅川』に大倉祐之助と一緒にいた女は、仏具屋『喜多川』の女主のおせんだった。

「ええ……」

「よし、行ってみるよ……」

　雲海坊は、木戸番に礼を云って仏具屋『喜多川』に向かった。


　川田吉兵衛は、仏具屋『喜多川』の店内を窺った。

　店内では、店の者たちが忙しく客の相手をしていた。

　由松は、店内を窺う川田を見守った。

　川田は店に入り、帳場の番頭に近付いた。

　番頭は気が付き、慌てて框《かまち》に出て来た。

　川田は、番頭に何事かを告げて手紙を渡し、足早に店から出た。そして、来た道を戻り始めた。

追うか、それとも仏具屋『喜多川』の誰に手紙を持って来たのか確かめるか……。

由松は迷った。

「おう。由松じゃあないか……」

雲海坊がやって来た。

「こりゃあ雲海坊の兄貴……」

「喜多川に用があるのか……」

雲海坊は、仏具屋『喜多川』を一瞥した。

「大倉祐之助の家来を追って来ましてね」

「ほう、大倉の家来が来たのか……」

「ええ。もう帰りましたが、雲海坊の兄貴は……」

「うん。大倉と梅川に一緒にいた女、どうやらおせんって喜多川の女主に間違いないようだぜ」

雲海坊は笑った。

四

「そうか。大倉祐之助、屋敷から一歩も出ないか……」

和馬は、旗本屋敷の中間長屋から大倉屋敷を眺めた。

「はい……」

新八は頷いた。

「で、由松は川田吉兵衛って家来を追って行ったのか……」

幸吉は訊いた。

「ええ。それで、川田はさっき帰って来たのですが、由松の兄貴は未だ……」

新八は首を捻った。

「帰って来たよ」

和馬は、武者窓を覗きながら告げた。

「此奴《こいつ》は丁度良かった……」

由松は、和馬と幸吉の顔を見て小さく笑った。

「何か分かったのか……」

　幸吉は尋ねた。

「ええ。大倉の家来の川田ですがね、浅草は東仲町の喜多川って仏具屋に行きましてね」

「喜多川って仏具屋……」

「ええ。そこで雲海坊の兄貴と逢いましたよ」

「雲海坊と……」

「ええ。で、大倉と料理屋梅川にいた女、雲海坊の兄貴が突き止めましたよ」

「そうか。何処の誰だ……」

「仏具屋喜多川のおせんって女主です」

「女主のおせん……」

　幸吉は眉をひそめた。

「はい。今、雲海坊の兄貴が仏具屋喜多川とおせんを調べています」

「そうか。和馬の旦那、そのおせんに訊けば、大倉祐之助の噂が本当だって確かな証拠が取れるかもしれませんね」

　幸吉は告げた。

「うん。柳橋の、浅草に行ってみよう」
和馬は、幸吉を促した。

夕暮れ時が近付いた。
勇次は、人形問屋『香月』を見張り続けた。
高岡平四郎は、人形問屋『香月』から未だ出て来なかった。
平四郎と喜左衛門は、かなり親しい間柄になっている……。
勇次は読んだ。
人形問屋『香月』は、客足が途絶え始めた。
高岡平四郎が店先に現れた。
勇次は、物陰に隠れて見守った。
平四郎に続き、喜左衛門と若い女が現れた。
喜左衛門と若い女は、帰る平四郎と親しげに言葉を交わした。
若い女は、着物や様子からみて喜左衛門の娘のようだ。
勇次は見定めた。
平四郎は、喜左衛門とおみなに見送られて人形問屋『香月』から立ち去った。

勇次は追った。

平四郎は、通りを神田八ツ小路に向かった。

勇次は戸惑った。

平戸藩江戸上屋敷に帰るのなら、神田川に架かっている新シ橋に向かう筈だ。

だが、平四郎は新シ橋に向かわず、神田八ツ小路に進んでいるのだ。

何処に行くのだ……。

勇次は、平四郎を慎重に追った。


浅草東仲町の仏具屋『喜多川』は、四年前に旦那を病で亡くし、お内儀のおせんが主として店を営んでいた。

おせんは、番頭たち奉公人と力を合わせて店を繁盛させていた。

偉いものだ……。

雲海坊は感心した。

仏具屋『喜多川』は、奉公人たちが店仕舞いを始めた。

「雲海坊……」

幸吉と和馬がやって来た。

「こりゃあ和馬の旦那、親分……」

雲海坊は微笑んだ。

「大倉祐之助と一緒に梅川にいた女、仏具屋喜多川のおせんと云う女主だそうだな」

和馬は尋ねた。

「ええ。大倉の家来の川田ってのが来た処をみても間違いありませんぜ」

「うむ……」

「で、喜多川、どんな仏具屋なんだい……」

幸吉は訊いた。

雲海坊は、仏具屋『喜多川』とおせんに就いて調べた事を告げた。

「それで喜多川を繁盛させているとは、大したものだな……」

幸吉は、おせんに感心した。

「ああ。それにしても分からないのは、大倉祐之助がおせんに何て云って近付いているのか……」

雲海坊は眉をひそめた。

「狡猾《こうかつ》な大倉の野郎だ。後ろ楯になってやるとでも抜かして、汚ねえ手を出しているんだろう」

和馬は吐き棄てた。

和馬、幸吉、雲海坊は歳も近く、若い頃から久蔵や弥平次《やへいじ》に厳しく仕込まれて来た仲であり、三人だけになると昔に戻っていた。

「きっと。ま、とにかくおせんに逢って事情を訊きますか……」

「うん……」

和馬と幸吉は雲海坊を残し、店を閉めた仏具屋『喜多川』を訪れた。

行燈《あんどん》の明かりが灯された。

仏具屋『喜多川』の女主のおせんは、和馬と幸吉を座敷に通し、緊張した面持ちで現れた。

「仏具屋喜多川のせんにございます」

「うむ。私は南町奉行所定町廻り同心の神崎和馬。こっちは柳橋の幸吉だ……」

幸吉は会釈をした。

「神崎さまに柳橋の親分さんですか。それで私に何か……」

「うむ。おせん、お前さん昨夜、不忍池の料理屋梅川に行ったね」

和馬は尋ねた。

「えっ……」

おせんは、戸惑いを浮かべた。

「納戸組頭の大倉祐之助と云う旗本と……」

和馬は、おせんを見詰めた。

おせんは狼狽えた。

「おせんさん、今、神崎の旦那は大倉祐之助さまの悪い噂を調べているんですよ」

幸吉は、おせんに笑い掛けた。

「大倉さまの悪い噂……」

「ええ。大倉さまは大店の若お内儀を手込めにして身投げに追い込んだと云う悪い噂がありましてね……」

「手込めにして身投げに追い込んだ……」

おせんは眉をひそめた。

「ええ。もし、大倉さまの悪い噂が本当だとなれば、御公儀は大倉さまを厳しく御仕置されるのですが、噂が本当だとする確かな証がないのです」

「は、はい……」

おせんは、困惑した面持ちで頷いた。

「どうだ、おせん。昨夜、顔を隠した侍が飛び込んで来る迄、大倉がお前さんに何をしたのか、話しちゃあくれないか、決して悪いようにはしない」

和馬は頼んだ。

「分かりました……」

「話してくれるか……」

和馬は喜んだ。

「はい……」

おせんは和馬を見詰め、覚悟を決めたように頷いた。

行燈の明かりは瞬《またた》いた。


大倉屋敷は薄暮に覆われていた。

高岡平四郎は、大倉屋敷の門前に佇んで屋敷を眺めた。

勇次は、物陰から見守った。

平四郎は、浅草元鳥越町の平戸藩江戸上屋敷に帰らず、神田八ツ小路から昌平《しょうへい》橋《ばし》を渡って本郷は御弓町の大倉屋敷に来たのだ。

何をする気だ……。

平四郎は、大倉屋敷を眺め続けた。

斬り込むつもりなのか……。

勇次は、思わず喉を鳴らした。

「勇次の兄貴……」

新八が隣にやって来た。

「うん……」

「高岡平四郎さんですかい……」

新八は、平四郎に眉をひそめた。

「ああ、何をする気なのか……」

勇次と新八は、平四郎を見守った。

平四郎は、大倉屋敷の様子を窺った。

辻番の提灯《ちょうちん》が一方に現れた。

平四郎は、辻番たちに気が付いた。

〝辻番〟とは、大名や旗本が自警の為に設けた番所であり、番士たちが詰めていた。

辻番の番士たちが提灯を掲げ、見廻りながらやって来た。

平四郎はどうする……。

勇次は、平四郎を見守った。

平四郎は、大倉屋敷の前から素早く離れた。

「じゃあな、新八……」

勇次は、新八を残して平四郎を追った。

「お気を付けて……」

新八は見送り、旗本屋敷の中間部屋に戻った。


翌朝、南町奉行所に出仕した久蔵の用部屋に和馬と幸吉が訪れた。

「そうか、大倉祐之助の噂が本当だと云う確かな証拠、摑んだか……」

久蔵は、和馬に念を押した。

「はい。浅草の仏具屋喜多川の女主のおせんが証言してくれました」

和馬は告げた。

「大倉、そのおせんに後ろ楯になってやると云って口説いたか……」

「はい。云う事を聞かなければ、店が面倒に巻き込まれると脅して、汚い真似をする奴ですよ」

和馬は、大倉祐之助を蔑《さげす》んだ。

「よし。此の事を目付の榊原さまに報せ、大倉に引導を渡してやるか……」

久蔵は笑った。

「はい……」

「それから和馬の旦那、高岡平四郎さんですが、昨夜、大倉屋敷に行き、暫《しばら》く門前に佇んでいたそうです」

幸吉が告げた。

「高岡平四郎が……」

和馬は眉をひそめた。

「ええ。勇次が見た処、何かをしでかしそうな様子だったとか……」

「何かをしでかしそうか……」

和馬は、緊張を滲ませた。

「何者だ、高岡平四郎ってのは……」

久蔵は眉をひそめた。

「はい……」

和馬は、平戸藩家臣の高岡平四郎について久蔵に話し始めた。

平戸藩江戸上屋敷は、藩主の松浦《まつら》壱岐守《いきのかみ》が登城し、中間たちが門前の掃除をしていた。

勇次は見守った。

「勇次……」

和馬と幸吉がやって来た。

「和馬の旦那、親分……」

勇次は、戸惑いを浮かべた。

「高岡平四郎、未だ出掛けちゃあいないな」

和馬は、厳しい面持ちで平戸藩江戸上屋敷を見詰めた。

「はい。親分、何か……」

「うん。秋山さまが高岡平四郎さんから眼を離すなと仰ってな」

「秋山さまが……」

「うむ。秋山さまは、高岡平四郎が人形問屋香月の娘に懸想している大倉祐之助を襲うかもしれぬと睨んだのだ」

和馬は告げた。

「襲う……」

勇次は眉をひそめた。

「うむ。勇次、お前も高岡が何かしでかすと思ったのだろう」

「はい。ですが、襲うと迄は……」

「和馬の旦那、勇次……」

幸吉は、平戸藩江戸上屋敷を示した。

和馬と勇次は、平戸藩江戸上屋敷を見た。

高岡平四郎が出て来た。

「此は高岡さま、今日はどちらの見物に行くんですか……」

中間は、平四郎に笑い掛けた。

「そうだな、今日は何処に行くかな……」

平四郎は苦笑し、神田川に向かった。

「お気を付けて……」

中間たちは、平四郎を見送った。

和馬、幸吉、勇次は、物陰から出て平四郎を追った。


平四郎の足取りは一定の速度であり、迷いは感じられなかった。

「ありゃあ、江戸の名所見物に行く足取りじゃあないな……」

和馬は、平四郎の足取りを読んだ。

「ええ……」

幸吉は頷いた。

平四郎は神田川に出た。そして、神田川沿いの道を昌平橋に向かった。

「高岡さん、大倉祐之助の屋敷に行くのかもしれませんね」

勇次は睨んだ。

「ああ……」

和馬、幸吉、勇次は、神田川沿いの道を行く平四郎を追った。

神田川には様々な船が行き交っていた。

大倉屋敷は、主の大倉祐之助が登城して微かな安堵を漂わせていた。

新八は、大倉の登城を見届けて旗本屋敷の中間長屋に戻って来た。

旗本屋敷の中間部屋には由松がいた。

「由松さん、大倉祐之助、表猿楽町から錦小路に抜け、神田橋御門から何事もなく登城しましたよ」

「そうか、御苦労だったな……」

「いいえ。大倉の奴、少しは懲《こ》りて大人しくなりますかね」

新八は、武者窓の傍《そば》に座った。

「大倉の女好きは病だ。大人しくなんかならないだろうな」

由松は苦笑した。

「由松さん、高岡平四郎さんですぜ」

新八は、武者窓の外を示した。

やって来た高岡平四郎は、大倉屋敷の門前に佇んで辺りを見廻した。

由松と新八は、身を潜《ひそ》めて見守った。

平四郎は、水戸藩江戸上屋敷に向かった。

「追ってみるぜ……」

由松は、中間長屋から出て行った。

高岡平四郎は、水戸藩江戸上屋敷の横手から神田川に架かっている水道橋に向かった。

由松は追った。

平四郎は、水道橋を渡って表猿楽町に向かって進んだ。

「由松……」

幸吉と勇次が、背後から来て由松に並んだ。

「親分……」

由松は眉をひそめた。

「何処に行くのかな……」

幸吉は、辺りを見廻しながら行く平四郎を示した。

「ひょっとしたら表猿楽町から錦小路、そして神田橋御門かも……」

由松は告げた。

「神田橋御門……」

「ええ。大倉祐之助の登城の道筋だそうです」

由松は報せた。

「登城の道筋……」

「ええ……」

「よし。俺は後から来る和馬の旦那に報せる」

幸吉は立ち止まった。

「承知……」

由松は頷き、勇次と共に平四郎を追った。

「どうした……」

和馬が、幸吉の許にやって来た。

「平四郎さん、大倉祐之助の登城下城の道筋を調べているようですぜ」

「登城下城の道筋だと……」

和馬は眉をひそめた。

「ええ、大倉祐之助を襲う場所を探しているのかもしれません」

幸吉は読んだ。

「ああ……」

和馬は頷いた。

神田川の流れは西日に煌めいた。

高岡平四郎は、水道橋の中央に佇んで下城してくる旗本御家人たちを眺めていた。

襲うのは水道橋……。

平四郎は、大倉の登下城の道筋を調べ、そう決めた。

大倉祐之助は、家来の川田吉兵衛と中間小者を従えて下城して来た。

平四郎は、大倉を見定めた。そして、大倉が水道橋を渡り始めるのを待った。

大倉は、川田と中間小者《こもの》を従えて水道橋に差し掛かった。

平四郎は、刀の鯉口《こいぐち》を切った。

「やあ。平四郎さんじゃあないか……」

和馬は、背後から声を掛けた。

平四郎は振り返った。

和馬と幸吉が近付いて来た。

「神崎さん、柳橋の親分……」

平四郎は狼狽えた。

「こんな処で何をしているんですか……」

「えっ。いえ、別に……」

平四郎は焦りを浮かべ、水道橋を渡り始めた大倉を睨み付けた。

「平四郎さん、大倉祐之助は御役御免になり、御公儀が仕置します」

和馬は、平四郎と大倉の間に身を入れた。

「えっ……」

平四郎は驚いた。

「大倉が公儀御用達の金看板を使って人形問屋香月の娘おみなに執拗に言い寄っているのは分かっています。ですから、馬鹿な真似は止《よ》すんですね」

和馬は笑い掛けた。

「神崎さん……」

平四郎は、和馬が何もかも知っているのに困惑した。

「たとえ喧嘩を装って大倉を斬った処で、おぬしも無事には済まない。香月の娘のおみなが哀しむだけだ……」

和馬は、厳しく告げた。

大倉は、川田と中間小者を従えて横を通り過ぎた。

平四郎は、悔しげに見送った。

大倉を斬り棄てる機会は過ぎた……。

平四郎は、大倉を斬るのを諦めた。
「平四郎さん……」
和馬は微笑み、頷いた。
平四郎は苦笑し、水道橋を渡り終える大倉を見た。
刹那、薄汚い身形の町方の男が現れ、大倉に体当たりした。
大倉は眼を剝《む》き、喉を鳴らして凍て付いた。
薄汚い身形の男は、握り締めた匕首《あいくち》で大倉の腹を抉《えぐ》っていた。
和馬、幸吉、平四郎は驚いた。
由松、勇次が飛び出して来た。
大倉は、腹から血を流して崩れ落ちた。
「殺《や》った。外道の大倉を殺ったぞ、おしま……」
薄汚い身形の男は笑った。
血に塗《まみ》れた匕首を握り締め、さも嬉しげに狂ったように笑った。
和馬、幸吉、由松、勇次は、薄汚い身形の男に殺到した。
「おのれ……」
次の瞬間、川田吉兵衛が薄汚い身形の男を袈裟《けさ》懸《が》けに斬った。

薄汚い身形の男は、血を飛ばして倒れた。

和馬は、川田を十手で殴り倒した。

勇次は、倒れた川田を押さえて刀を取り上げた。

幸吉は、倒れている大倉の様子を窺った。

「柳橋の……」

和馬は眉をひそめた。

「駄目です……」

幸吉は、首を横に振った。

大倉祐之助は絶命していた。

「和馬の旦那……」

薄汚い身形の男の様子を窺っていた由松が和馬を呼んだ。

和馬は、由松と薄汚い身形の男の許に近寄った。

「死にました……」

由松は眉をひそめた。

「そうか。何処の誰か、身許が分かる物を持っているか調べてくれ」

「承知……」

「和馬の旦那……」

「ああ……」

大倉祐之助は、得体の知れぬ薄汚い身形の男に殺された。

和馬と幸吉は、吐息を洩らした。

高岡平四郎は、呆然とした面持ちで佇んでいた。

「して、大倉祐之助を殺した薄汚い身形の男、何処の誰か分かったのか……」

久蔵は、厳しい面持ちで和馬に尋ねた。

「はい。大倉さまを殺した男は、宇田川町は漆器屋加賀屋の若旦那の修吉でした」

和馬は報せた。

「漆器屋加賀屋の若旦那の修吉……」

久蔵は眉をひそめた。

「はい。大倉さまに手込めにされ、身投げをしたおしまと申す女の亭主です」

「酒浸りになった若旦那か……」

「はい……」

和馬は頷いた。

「ならば、修吉は女房おしまの恨《うら》みを晴らした訳か……」

「きっと……」

「そうか……」

久蔵は、何故か爽やかさを覚えた。

「近くにいながら申し訳ありません」

和馬は悔んだ。

「なあに、和馬は高岡平四郎を食い止めていたんだ。仕方があるまい……」

「はい。酒浸りの修吉が現れるとは、思ってもいませんでした……」

「和馬、ひょっとしたら修吉の酒浸り、大倉祐之助に恨みを晴らす為の狂言だったのかもしれないな……」

久蔵は読んだ。

「秋山さま……」

「ま、今更、どうでも良いがな……」

久蔵は苦笑した。

「えっ、ええ……」

「して和馬、高岡平四郎はどうした」

「それが、人形問屋香月の娘おみなを嫁に貰う事になったそうですよ」

「そうか。浅葱裏にしちゃあ上出来じゃあねえか……」

久蔵は、楽しげに笑った。

第二話

粋な女

一

八丁堀岡崎町の秋山屋敷は、朝の慌《あわ》ただしい時を迎えていた。

慌ただしい時は、嫡男大助《だいすけ》によって巻き起こされていた。

大助は、学問所に行く刻限から逆算し、ぎりぎり許される迄、蒲団《ふとん》に潜り込んでいた。そして、母親香織《かおり》に起こされて顔を洗い、朝飯を掻《か》き込んで妹小春《こはる》が作ってくれた弁当を腰に結び付け、与平《よへい》や太市《たいち》に見送られて屋敷を飛び出した。

僅か四半刻《しはんとき》の間の出来事だった。

「騒がしい奴だ……」

久蔵は、朝餉《あさげ》を食べながら眉をひそめた。

「お父上さまは、兄上のような事はなかったのですか……」

小春は、久蔵に尋ねた。

「うむ……」

久蔵は、朝餉を食べ終えた。

「小春、与平や亡くなったお福《ふく》の話では、お父上は学問所に平気で遅刻したり、ずる休みをしていたそうですよ」

香織は苦笑した。

「何だ。じゃあ、遅刻しないように一生懸命な兄上の方が正直で偉いじゃない……」

小春は、久蔵に冷たい眼を向けた。

「香織、茶を持って来てくれ」

久蔵は、そそくさと座を立って自室に向かった。

「心得ました……」

香織は頷き、茶を淹れ始めた。

「小春さま、旦那さまは学問所に満足に行かなくても立派な方なんですよ」

おふみは、囲炉裏端《いろりばた》で豆の選別をしながら小春を窘《たしな》めた。

「そりゃあ、おふみさんの云う通りだと思うけど……」

小春は、納得がいかないように首を捻った。

香織は苦笑した。


与平は大助を見送り、縁台に腰掛けて居眠りをしていた。

「与平さん……」

庭の掃除を終えた太市が、与平に声を掛けた。

「うん。太市、旦那さまのお出掛けか……」

与平は、眼を覚ました。

「いえ。未だですが、隠居所でちゃんと寝ないと風邪をひきますよ」

太市は心配した。

「なあに、こんな爺《じじ》いに風邪の奴も取り憑《つ》きはしねえさ」

与平は笑い、鼻水を啜った。

太市は苦笑した。

「太市……」

久蔵が、刀を捧げ持った香織を従えて式台に出て来た。

小春とおふみが、台所から見送りに出て来た。

「はい。只今。さあ、与平さん、旦那さまのお出掛けですよ」

太市は、与平の手を取って式台に向かった。


久蔵は、太市を供に数寄屋橋御門内南町奉行所に出仕した。

月番の南町奉行所は、朝から公事訴訟で来た者たちで賑わっていた。

久蔵は、用部屋に落ち着いた。

太市は、久蔵に茶を淹れて身の廻りの世話をした。

「おはようございます」

定町廻り同心の神崎和馬が、緊張した面持ちでやって来た。

「おう。どうした……」

久蔵は、和馬の緊張した面持ちを読んだ。

「はい。不忍池の畔で村上伊織《むらかみいおり》さんの死体が見付かりました」

和馬は、固い面持ちで報せた。

「村上伊織が……」

久蔵は眉をひそめた。

村上伊織は、南町奉行所に二人いる隠密《おんみつ》廻り同心の一人であり、様々な者に姿を変えて潜入探索をした。

「はい……」

「して、遺体は……」

「既に……」

和馬は頷いた。

「よし。検《あらた》める……」

「はい」

「太市、御苦労だった、屋敷に戻ってくれ」

久蔵は、太市を労《ねぎら》った。

「心得ました。では……」

太市は、会釈をして用部屋を出て行った。

「和馬、村上伊織の処だ……」

久蔵は、和馬と用部屋を出た。


隠密廻り同心の村上伊織は、総髪の着流し姿で腹を一突きにされて死んでいた。

久蔵は、死体を検めた。

村上伊織の遺体の傷は、腹を深く刺されたもの以外になかった。

「刺し殺されたか……」

久蔵は、村上伊織の遺体に手を合わせた。

「はい。浪人に扮していたようですが、何を調べていたんでしょうね」

和馬は眉をひそめた。

「うむ。俺も詳しい事は聞いていないが……」

隠密廻り同心は、町奉行や与力の指示で単独で探索をする。村上伊織は、町奉行や与力の指示の不用な事前の探索を秘かにしていたのかもしれない。

「和馬、伊織は刀を抜いていたのか……」

久蔵は、村上伊織の遺体の傍に置かれた刀を手に取った。

「いいえ。抜いてはいなかったそうです」

和馬は告げた。

久蔵は、村上伊織の刀を抜いた。

刀には、刃毀《こぼ》れも血曇りもなかった。

「斬り合った様子はないな……」

久蔵は、刀を検めた。

「はい……」

和馬は頷いた。

「して、伊織はどんな物を持っていたのだ」

「二両二朱入りの財布と手拭、それぐらいですか……」

和馬は告げた。

「物盗り、辻強盗じゃあないか……」

「ええ。物盗り、辻強盗なら二両二朱を残しては行きませんからね」

「うむ。よし、不忍池に行ってみよう」

死体の見付かった不忍池に行けば、何か分かるかもしれない……。

久蔵は、不忍池に急いだ。


不忍池の畔には、木洩れ日が揺れていた。

久蔵は、和馬と不忍池の畔にやって来た。

「此は秋山さま、御苦労さまです……」

柳橋の幸吉と新八が待っていた。

「やあ、柳橋の……」

久蔵は、幸吉と新八に頷いて見せた。

幸吉と新八は、和馬の走らせた町奉行所の小者の報せを受けて先に来ていた。

「秋山さま、村上伊織さんは此処で……」

和馬は、不忍池の畔の草むらを示した。

示された草むらは、大量の血に濡れていた。

「血は向こうの雑木林から滴《したた》り落ち、此処迄続いていました」

幸吉は、向こうに見える雑木林を指差した。

「じゃあ、向こうの雑木林で刺され、此処迄来て力尽きて倒れ、息を引き取ったか……」

久蔵は読んだ。

「きっと……」

和馬は頷いた。

「村上伊織、どんな風に倒れていたのだ」

久蔵は眉をひそめた。

「はい。あっしたちが駆け付けた時には、池に向かって俯《うつぶ》せに倒れ、右手を池に伸ばしていました」

幸吉は告げた。

「池に向かい、手を伸ばしてか……」

久蔵は、不忍池を眺めた。

不忍池の水面は輝いた。

雑木林の一隅には、複数の人が血を踏み躙《にじ》った痕跡が残されていた。

血の滴りは、そこから不忍池の畔に続いていた。

「此処で刺されたようだな……」

久蔵は見定め、辺りを見廻した。

雑木林の向こうには、町家の家並みが見えた。

「ええ。家並みの方から来て此処で争い、刺され、不忍池の畔迄行って息を引き取りましたか……」

和馬は睨んだ。

「おそらくな。よし、和馬、柳橋の、此の辺りに聞き込みを掛けてくれ。俺は村上伊織が何をしていたか探ってみる」

久蔵は、各々の遣る事を決めた。

町奉行や与力たちに、村上伊織に探索を命じた者はいなく、何をしているかを知る者もいなかった。

村上伊織は、己の判断で秘かに何かを探っていたのかもしれない……。

それとも、かつて潜入探索をした事件に絡み、正体を知られて殺されたのか……。

久蔵は、想いを巡らせた。

湯島の昌平坂学問所の授業は終わり、旗本御家人の子弟は帰り始めていた。

秋山大助は、学問所を出て神田川沿いを昌平橋に向かった。

神田川の流れは煌めいていた。

昌平橋は神田川に架かっており、様々な者が行き交っていた。

大助は、昌平橋に差し掛かった。

粋な形《なり》の年増が明神下の通りから現れ、昌平橋を渡って神田八ツ小路に向かって行った。

思い詰めている顔だ……。

大助は、ふとそう思った。

粋な形の年増は昌平橋を渡り、八ツ小路から神田須田町の通りに向かった。

同じ道筋だ……。

大助は続いた。

日本橋に続く神田須田町の通りは、大勢の人が行き交っていた。

粋な形の年増は、大助の前を日本橋に向かっていた。

何処に行くのか……。

大助は、粋な形の年増が気になった。

南町奉行所隠密廻り同心村上伊織の組屋敷は、八丁堀は北島町の外れにあった。

久蔵は、小者たちと村上伊織の遺体を大八車に乗せて組屋敷に運んだ。

村上家では、伊織の老母と弟の右京《うきょう》が遺体を迎えた。

伊織は、数年前に妻を病で亡くして独り身だった。

久蔵は、老母に悔やみを述べ、弟の右京を呼んだ。

十八歳の右京は、緊張した面持ちで久蔵の前に現れた。

「さあて、弔《とむら》いも未だだと云うのに済まぬが、幾つか訊きたい事がある」

「はい……」

右京は頷いた。

「兄上の伊織は、此処の処、屋敷にいたのかな……」

「いいえ。此処七日ばかり、帰って来てはおりませんでした」

隠密廻り同心の村上伊織は、此処七日ばかり屋敷に帰っていなかった。

老母と弟の右京は、伊織の役目柄、格段の不審も抱かず、心配もせずにいた。

「ならば、伊織は今、何をしているかおぬしに話してはいないかな」

「はい。兄から格別に何も聞いてはおりませんが……」

右京は告げた。

「そうか……」

隠密廻り同心は、役目で知った事などを家族は勿論、他の者に話すのを禁じられている。

伊織が、弟の右京に何も話していないのは当然の事なのだ。

「はい。兄は母にも何も話していないと思います」

「うむ。ならば近頃、伊織や屋敷に変わった事や不審な事はなかったか……」

「変わった事や不審な事ですか……」

「うむ……」

「兄にも屋敷にも、格別そのような事はなかったと思いますが……」

「そうか……」

「はい……」

「右京、おそらく伊織の死は、役目によってのものだろう。公儀もその処を汲み、おぬしが村上家の跡目を継ぐのを許す筈だ。伊織の弔いをし、喪に服しているのだな」

「はい。心得ました……」

右京は、久蔵に深々と頭を下げた。

伊織は、弟の右京に役目の事は何も話しておらず、その身辺や屋敷に不審な処は何もなかった。

久蔵は見定めた。

隠密廻り同心は、正体の他に幾つかの顔を持っている。

村上伊織は、どの顔で死んでいったのか……。

久蔵は、沈着冷静で剣の遣い手だった村上伊織を思い浮かべた。

和馬と柳橋の幸吉たちは、不忍池の雑木林の向こうに見える家並み一帯に聞き込みを掛けた。

歳は三十前後、背丈は五尺六寸程で痩せており、総髪で着流しの浪人……。

和馬と幸吉たちは、村上伊織の足取りを探した。だが、伊織を見掛けた者は容易に見付からなかった。

和馬と幸吉たちは、粘り強く聞き込みを続けた。


粋な形の年増は、日本橋川に架かっている日本橋を渡った。

大助は、続いて日本橋を渡った。

粋な形の年増は、高札場《こうさつば》の横を抜けて青物町に曲がった。

未だ同じ道筋だ……。

大助は、微かに戸惑いながらも青物町に曲がった。

昌平橋から日本橋、そして青物町に行く者など幾らでもいる。

偶々《たまたま》、同じ道筋を行く者など幾らでもいる筈だ……。

大助は苦笑し、粋な形の年増に続いた。
粋な形の年増は、楓川《もみじがわ》に架かっている海賊橋を渡り、南茅場町《みなみかやばちょう》に進んだ。
南に曲がると八丁堀だ。
何処迄、同じなのだ……。
大助は、粋な形の年増を見ながら進んだ。
まさか、八丁堀には行かないだろう……。
大助がそう思った時、粋な形の年増は八丁堀の組屋敷街に曲がった。
八丁堀だ……。
大助は、思わず呆れた。

八丁堀に入った粋な形の年増は、連なる組屋敷を眺めながら北島町に曲がった。
大助は、何故か安堵した。
秋山屋敷は、通りを真っ直ぐ進んだ先の岡崎町にある。
大助は、眼の前から粋な形の年増の姿のなくなった道を急いだ。

秋山屋敷は表門を閉めていた。

大助は、表門脇の潜り戸を叩いた。

「太市さん、俺です、大助です」

大助は、潜り戸の内に告げた。

「お帰りなさい……」

太市は潜り戸を開け、鋭い眼差しで大助の背後を窺った。

「どうしたの……」

大助は戸惑った。

「話は中で……」

太市は、大助を屋敷内に入れて潜り戸を閉めた。


「何かあったの……」

大助は眉をひそめた。

「隠密廻り同心の村上伊織さまが殺されましてね」

太市は声を潜めた。

「村上さまが……」

大助は驚いた。

「はい。で、南町奉行所の方々に遺恨を持つ者の所業ならと思い、奥さまと相談して護りを固めてるのです」

「そうでしたか。じゃあ、母上に挨拶をしたら直ぐに戻って来て交代します」

「助かります」

太市は頷き、潜り戸の覗き窓から外を窺った。

八丁堀北島町の村上屋敷には、伊織の死を聞いて弔問の客が訪れ始めた。

久蔵は、老母と右京に悔やみを告げる弔問客の中に不審な者がいないか見守った。

弔問の客は、南町奉行所に拘る者が多くて不審な者はいなかった。

久蔵は、弔問客を見守った。

神崎百合江は、村上屋敷の弔いの手伝いにやって来た。

弔問客の出入りしている村上屋敷の板塀の陰には、粋な形をした年増が隠れるように佇んでいた。

百合江は、粋な形の年増に気が付いて怪訝な面持ちで立ち止まった。

粋な形の年増は手を合わせ、哀しげな面持ちで佇んでいた。

村上伊織さまは、数年前に奥さまを病で亡くした独り身だ。

思い人なのかもしれない……。

百合江がそう思った時、粋な形の年増は百合江に気が付いた。

百合江は、微笑んで会釈をした。

粋な形の年増は、反射的に会釈をして慌てて板塀の陰から立ち去った。

「あ、あの……」

百合江は、戸惑った面持ちで見送った。


弔問客は続いた。

久蔵は、弔問客を見守った。

「どうぞ……」

百合江が、久蔵に茶を差し出した。

「おお。百合江さん、手伝いか……」

久蔵は微笑んだ。

「はい。村上さまの御母堂さまには、何かとお世話になっておりますので……」

「そうか。御苦労ですな……」

「いえ。処で秋山さま、今し方、外に妙な女の人がいましてね……」

「妙な女……」

「はい。藤色の霰《あられ》小紋の着物を粋に着こなした二十七、八歳の女でして、哀しげに村上屋敷を窺っていたのですが、私に気が付いて逃げるように立ち去りました」

「藤色の霰小紋の着物の二十七、八歳の女……」

久蔵は眉をひそめた。

駆け付けた村上家菩提寺《ぼだいじ》の住職が、経を読み始めた。

二

燭台《しょくだい》に火が灯された。

久蔵は、香織の介添えで着替えを終えた。

「村上さまの弔い、御苦労さまでした」

香織は、久蔵を労った。

「うむ。して、屋敷に不審な事はなかったのだな」

「はい。太市と気を付けていましたが、別に不審な事はございませんでした」

「そうか……」

久蔵は、香織が持って来た茶を飲んだ。

「父上……」

大助と太市がやって来た。

「おう。来たか……」

「はい……」

大助と太市は、久蔵の前に控えた。

「大助、明日は学問所を休み、太市に代わって屋敷の警戒に当れ……」

「はい……」

大助は、嬉しそうに頷いた。

「太市は、藤色の霰小紋の着物を粋に着こなした年増が、村上屋敷に現れるかどうか見張ってくれ」

久蔵は命じた。

「はい。藤色の霰小紋の着物を粋に着こなした年増ですか……」

太市は眉をひそめた。

「うむ……」

「あの、父上……」

大助は、遠慮がちに久蔵を呼んだ。

「何だ……」

「粋な形の年増ですか……」

大助は眉をひそめた。

「うむ……」

「今日、学問所の帰り、粋な形の年増と逢いましたが……」

「大助、仔細を話してみろ」

「はい。昌平橋で逢いましてね。神田須田町から日本橋を抜けて海賊橋を渡り、ずっと同じ道筋を行くので気になりましてね。で、八丁堀に入って北島町に行き、俺は岡崎町に……」

大助は告げた。

「大助、その粋な形の年増、どんな着物だった」

「藤色の小紋で、粋に着こなした二十七、八歳の年増でした……」

「そうか……」

久蔵は苦笑した。

大助と同じ道筋で八丁堀に来た粋な形の年増は、百合江が見た村上屋敷を窺っていた藤色の霰小紋の着物を粋に着こなした女なのだ。

「よし。大助、柳橋の者を付ける。明日から昌平橋界隈《かいわい》で粋な形の年増を捜せ」

「心得ました」

大助は、張り切って頷いた。

殺された隠密廻り同心の村上伊織は、藤色の霰小紋の着物を粋に着こなした二十七、八歳の女と何らかの拘りがある。

拘りがどう云うものか分かれば、村上伊織を手に掛けた者とその死の真相を突き止められるかもしれない。

久蔵は睨んだ。

翌朝。

久蔵は、大助を伴って南町奉行所に出仕した。

和馬が待っていた。

「秋山さま、粋な形の年増の話は、昨夜、百合江から聞きました」

百合江は、弔いの手伝いを終えて屋敷に帰り、事の次第を夫の和馬に報せた。

「うむ。そいつなんだが和馬。昨日、大助が学問所の帰り、その粋な形の年増と昌平橋から八丁堀迄一緒だったそうだ」

「大助さまが……」

「うむ。大助……」

「はい。八丁堀で粋な形の年増は北島町に曲がり、私は真っ直ぐ岡崎町に進んだのです」

「じゃあ、その粋な形の年増の顔を見ているんですね」

「はい。しっかりと……」

大助は、勢い良く頷いた。

「聞いての通りだ。和馬、大助を使ってその粋な形の年増を捜すんだな」

「心得ました。じゃあ大助さま……」

「はい……」

「大助、何事も和馬と柳橋の幸吉たちの云う通りにしろ。よいな……」

久蔵は、厳しく命じた。

「はい。心得ました」

大助は頷いた。

和馬は、大助を伴って柳橋の船宿『笹舟《ささぶね》』に向かった。

久蔵は、和馬と大助を見送り、廻って来た書類に眼を通し始めた。

「秋山さま……」

当番同心がやって来た。

「何だ……」

「年番方《ねんばんがた》与力の天野《あまの》さまが用部屋迄、御足労戴きたいと……」

当番同心は告げた。

「天野さまが……」

〝年番方与力〟とは、町奉行所全般の取締り、金銭の保管、各組の監督、同心諸役の任免をする役目であり、与力の最古参で有能な者が勤めていた。

「はい……」

「よし……」

久蔵は、書類を片付けて用部屋を出た。

「秋山どの、此を見てくれ……」

年番方与力の天野忠太夫《ちゅうだゆう》は、用部屋を訪れた久蔵に一通の書状を差し出した。

書状には、『隠居願』と上書きされていた。

「誰の隠居願ですか……」

「見るが良い……」

忠太夫は告げた。

「拝見します……」

久蔵は、隠居願を開いて読んだ。

「此は……」

久蔵は、戸惑いを浮かべた。

「見ての通り、村上伊織の隠居願だ」

「ええ。何処に……」

「うむ。村上伊織が御奉行の許に差し出してあったそうだ」

「御奉行に……」

「左様、己は隠居して村上家の家督は、弟の右京に相続させたいと……」

「村上伊織が隠居願……」

久蔵は眉をひそめた。

村上伊織は、未だ三十前後の働き盛りで、隠居するには早過ぎる。

隠居は、部屋住みの弟右京の為なのか。

それとも己の為なのか……。

久蔵は読んだ。

そして、村上伊織は隠居してどうするつもりだったのか……。

久蔵は気になった。


神田川に架かる昌平橋には、多くの人が行き交っていた。

大助は、勇次や雲海坊と粋な形をした年増を捜した。

雲海坊は、神田川に架かっている昌平橋の袂《たもと》に佇み、経を読みながら行き交う人の中に藤色の霰小紋の着物を粋に着こなした二十七、八歳の年増を捜した。

大助と勇次は、昌平橋から明神下の通りの左右に連なる湯島横町、神田旅籠町《はたごちょう》、金沢町、神田同朋町《どうぼうちょう》などに粋な形の年増を捜した。だが、粋な形の年増は容易に浮かばなかった。


不忍池に鯉《こい》が跳ね、幾つもの波紋が水面に広がっていた。

和馬と幸吉は、由松や新八と不忍池の附近に殺された村上伊織の足取りを探した。

不忍池の畔に続く道は、町家の辻を曲がって雑木林の傍を通っていた。

和馬と由松は、町家の裏で屋台の仕度をしている夜鳴蕎麦屋《そばや》に聞き込みを掛けた。

「昨夜遅く、此処を通った人ですか……」

夜鳴蕎麦屋は眉をひそめた。

「ああ。総髪で着流しの浪人が誰かと通らなかったかな……」

和馬は訊いた。

「さあ……」

夜鳴蕎麦屋は首を捻った。

「見なかったか……」

「ええ。それにお役人さま、あっしは夜鳴蕎麦屋の屋台を上野北大門町《きただいもんちょう》で出していましてね……」

「じゃあ、日暮れから町木戸の閉まる亥《い》の刻四つ（午後十時）ぐらい迄は此処にいなくて、北大門町で商いをしているのか……」

由松は尋ねた。

「ええ。それから此処に戻って来るんですぜ」

「そうか……」

「ええ。あっ、そうだ……」

夜鳴蕎麦屋は、何かに気が付いた。

「どうした……」

和馬は眉をひそめた。

「昨夜じゃあないんですが、北大門町で商いを終えて此処に帰って来た時、派手な半纏を着た野郎共が駆け寄って来ましてね。旦那たちと同じように総髪で着流しの浪人を見なかったかと訊いて来ましたぜ……」

「和馬の旦那……」

由松は眉をひそめた。

「うむ。そいつはいつの事かな」

「ええと、昨日、一昨日《おととい》、その次、三日前の夜ですか……」

夜鳴蕎麦屋は、指折り数えて告げた。

「三日前の夜……」

「ええ……」

夜鳴蕎麦屋は頷いた。

「旦那、総髪に着流しの浪人、村上伊織さまかも……」

由松は、村上伊織が派手な半纏を着た男たちに追われていたと読んだ。

「ああ……」

和馬は、由松の読みに頷いた。

「で、派手な半纏を着ていた野郎共が何処の誰か分からないかな……」

由松は訊いた。

「さあ、地廻りの黒門一家の連中じゃあないのは確かですが……」

「じゃあ、此の界隈じゃあ、余り見掛けない奴らなんだな」

「はい……」

「和馬の旦那、黒門一家の者たちに心当たりがないか、訊いてみましょうか……」

由松は、普段はしゃぼん玉売りを生業《なりわい》にしており、地廻りの黒門一家の者たちに知り合いは多かった。

「よし。邪魔をしたな……」

和馬と由松は、夜鳴蕎麦屋に礼を述べ、下谷広小路にある地廻り黒門一家に向かった。

藤色の霰小紋の着物を粋に着こなした二十七、八歳の女……。

「いませんね、藤色の霰小紋の着物の年増……」

大助は、苛立《いらだ》ちを滲ませた。

「大助さま、女がいつも同じ着物を着ているとは限りませんからね」

勇次は苦笑した。

「そうですねえ……」

大助は、溜息を吐いた。

「じゃあ、ちょいと同朋町の木戸番の父っつぁんの処で一休みしますか……」

勇次は、大助を神田同朋町の木戸番屋に誘った。


下谷広小路は賑わっていた。

和馬と由松は、上野元黒門町にある地廻り黒門一家を訪れた。

「こりゃあ旦那、由松の兄い……」

黒門一家の寅五郎《とらごろう》は、戸惑いを浮かべて和馬と由松を迎えた。

「やあ、寅五郎……」

　由松は笑い掛けた。

「兄い、今日は何か……」

「うん。ちょいと訊きたい事があってな」

「訊きたい事ですか……」

「うん。近頃、此の界隈に派手な半纏を着た野郎共がいる筈なんだが、知らないかな……」

「派手な半纏を着た野郎共ですかい」

「ああ……」

「詳しくは知らないんですが、池之端の角屋《かどや》って商人宿に泊まっている野郎共かもしれませんね」

「池之端の角屋……」

「ええ……」

「どんな野郎共だ……」

　和馬は尋ねた。

「はい。江戸で品物を仕入れ、関八州で売り歩いている行商人たちです」

「江戸に仕入れに来ている行商人たちか……」

「ええ。時々、江戸に品物の仕入れに来ては、派手な形をして遊び廻っている野郎共でしてね」

寅五郎は苦笑した。

「和馬の旦那……」

由松は、どうするか和馬に目顔で尋ねた。

「うむ。無駄足になるかもしれないが、行ってみるか……」

和馬は決めた。


「どうぞ……」

神田同朋町の老木戸番平助《へいすけ》は、縁台に腰掛けた大助と勇次に出涸《でがら》しを差し出した。

「すみませんね、平助の父っつぁん……」

「戴きます」

大助は、喉を鳴らして茶を飲んだ。

「で、どうです、藤色の霰小紋の着物を粋に着こなす年増、知りませんかい……」

勇次は、茶を飲みながら尋ねた。

「さあて、粋な年増ねえ……」

老木戸番の平助は、白髪《しらが》眉をひそめた。

「ええ……」

勇次は頷いた。

「此の町内にそんな洒落《しゃれ》た女はいねえな……」

平助は苦笑した。

「じゃあ、他の町内にはいるんですか……」

大助は、空になった湯呑茶碗を置いた。

「ああ。藤色の霰小紋の着物を着ているのは見た事はないがね。湯島天神下の同朋町に粋な年増はいるよ」

平助は、不忍池の方を眺めた。

「湯島天神下同朋町……」

「うん……」

「勇次さん……」

「うん。平助の父っつぁん、湯島天神下同朋町にその粋な年増はいるんですか……」

勇次は尋ねた。

「ああ……」

「名前は……」

「さあ、そこ迄は……」

「じゃあ、住まいが何処かも……」

「うん。ま、詳しい事は、湯島天神下同朋町の木戸番の甚六《じんろく》に訊いてみるんだね」

老木戸番の平助は告げた。


池之端の商人宿『角屋』は、微風に暖簾《のれん》を揺らしていた。

和馬と由松は、物陰から商人宿『角屋』を窺っていた。

商人宿『角屋』は、大きな荷物を担いだ行商人らしき者や派手な半纏を着た男たちが出入りをしていた。

「どうします。乗り込んでみますか……」

由松は、和馬に出方を訊いた。

「いや。ちょいと様子を見てみよう」

和馬は決めた。

「はい……」

由松は頷いた。

「和馬の旦那、由松……」

幸吉が、新八を従えてやって来た。

「おう。柳橋の……」

和馬と由松は迎えた。

「何か分かったようですね……」

幸吉は尋ねた。

「うん……」

和馬は、商人宿『角屋』に辿り着いた経緯《いきさつ》を幸吉と新八に教えた。

「じゃあ和馬の旦那、商人宿の角屋を詳しく調べてみますか……」

「うん。それに村上さんが出入りしていたかどうかもな……」

和馬と幸吉は、探索を商人宿『角屋』に絞る事にした。

「あそこですよ……」

湯島天神下同朋町の木戸番の甚六は、裏通りにある板塀に囲まれた家を示した。

勇次と大助は、甚六の示した板塀に囲まれた家を眺めた。

「あの家におりんって粋な形の年増が住んでいるんですね」

大助は、甚六に念を押した。

「ええ。そうですけど……」

甚六は、元服前の大助に怪訝な眼を向けた。

「そうですか。勇次さん……」

「はい。で、此の家の持ち主は何処の誰です」

勇次は尋ねた。

「小田原の蒲鉾屋《かまぼこや》の旦那だと聞いていますよ」

「じゃあ、住んでいるおりんって年増は、その小田原の蒲鉾屋の旦那の……」

「囲われ者で、おとしって婆やと二人暮らしですよ」

「勇次さん、訪ねてみましょう」

大助は、意気込んだ。

「大助さま、此の家のおりんが村上伊織さまの弔いに来た粋な形の年増と決まった訳じゃありません。先ずはそいつを見定めてからです」

勇次は苦笑した。

「顔が見られると良いんですがね……」

大助は、微かに苛立った。

板塀の木戸が開き、老婆が出て行った。

「婆やのおとしだね」

勇次は、甚六に訊いた。

「ええ……」

甚六は頷いた。

「よし。じゃあ大助さま、あっしは一っ走りして雲海坊さんを呼んで来ます。此処でおりんの家を見張っていて下さい」

「は、はい……」

大助は、怪訝な面持ちで頷いた。

「あっしが戻る迄、呉々も早まった真似はしないようにお願いしますよ」

「心得ました」

大助は、緊張した面持ちで頷いた。

勇次は、雲海坊のいる昌平橋に走った。

大きな荷物を背負った旅姿の男は、番頭に見送られて商人宿『角屋』から出て来た。

江戸で品物の仕入れを終え、関八州の何処かに行商に行くのだ。

和馬、幸吉、由松、新八は見送った。

「よし。俺と由松が追う……」

「承知……」

和馬と由松は、幸吉と新八を残して大きな荷物を背負った男を追った。

雲海坊は、咳払いをして経を読み始めた。

勇次と大助は、板塀の木戸の前で経を読む雲海坊を見守った。

婆やのおとしが出掛けている今、托鉢《たくはつ》坊主に御布施《ふせ》を持って出て来るのはおりんしかいない。

勇次と大助は、おりんが御布施を持って出て来るのを待った。

雲海坊の経は、湯島天神下同朋町の裏通りに朗々と響いた。

三

雲海坊は経を読み続けた。

板塀の木戸が開き、年増が現れて雲海坊に御布施を渡した。

「大助さま、おりんです……」

勇次は、大助に見定めるように促した。

「はい……」

大助は、おりんの顔を見詰めた。

「大助さま……」

「勇次さん、俺が昌平橋から八丁堀迄、一緒になった粋な形の年増です」

大助は、おりんを見詰めたまま頷いた。

「間違いありませんね」

勇次は、念を押した。

「はい……」

大助は頷いた。

村上伊織の弔いに陰ながら手を合わせていた藤色の霰小紋の着物の粋な年増は、小田原の蒲鉾屋の旦那に囲われているおりんと云う女だった。

おりんは、雲海坊に御布施を渡して木戸の内に入った。

雲海坊は、会釈をしておりんの家の板塀の木戸から離れた。

「御苦労さまでしたね。お陰で助かりました……」

勇次は、大助を労った。

「いえ。粋な形の年増がおりんだと分かってなによりです。で、次はどうしますか……」

大助は、意気込んだ。

「大助さまは、此でお屋敷にお帰り下さい」

勇次は微笑んだ。

「えっ。そんな……」

大助は、哀しげに顔を歪めた。

「大助さまがお父上さまに命じられた役目は、粋な形の年増を見付ける迄です」

「でも勇次さん。お願いです、手伝わせて下さい……」

大助は食い下がった。

「あっしも出来るものならそうしたいんですが……」

勇次は困惑した。

「勇次、余り固い事を云うな……」

雲海坊は笑った。

「雲海坊さん……」

大助は、顔を輝かせた。

「分かりました。じゃあ、もう少し手伝って戴きますか……」

勇次は苦笑した。

「はい。一生懸命にやります」

大助は、嬉しげに声を弾ませた。

「じゃあ大助さま、雲海坊さんにおりんを見張って貰い、村上の旦那が出入りしていたかどうか、あっしと聞き込みですぜ」

勇次は命じた。

「はい……」

大助は、張り切って頷いた。

「じゃあ雲海坊さん……」

「ああ……」

勇次は、雲海坊を見張りに残し、大助を伴って聞き込みに向かった。

商人宿『角屋』を出た旅姿の男は、大きな荷物を背負って下谷広小路から山下を抜け、入谷《いりや》から下谷三ノ輪町に進んだ。

和馬と由松は追った。

「千住《せんじゅ》から水戸街道ですかね」

由松は読んだ。

「おそらくな……」

和馬は頷いた。

「押さえますか……」

「ああ。此処迄来れば、角屋の連中の眼も届かないだろう」

和馬は、足取りを速めた。

由松は続いた。

町並みが途切れた。

和馬と由松は、先を行く旅姿の男に追いついた。

「おう。待ちな……」

和馬は、旅姿の男を呼び止めた。

旅姿の男は、怪訝な面持ちで振り返った。

由松は、素早く旅姿の男の背後に廻った。

旅姿の男は、微かに顔色を変えた。

「ちょいと顔を貸して貰おうか……」

和馬は、旅姿の男に傍らの寺の境内に入れと促した。

「旦那の云う通りにするんだな……」

由松は囁いた。

「な、何でしょうか……」

旅姿の男は、惚《とぼ》けようとした。

「角屋は只の商人宿じゃあないな……」

和馬は鎌を掛けた。

「えっ……」

旅姿の男は狼狽えた。

「お前と泊まっている商人共の素性を教えて貰おうか……」

和馬は迫った。

次の瞬間、旅姿の男は担いでいた大きな荷物を和馬に投げ付けた。

和馬は、咄嗟《とっさ》に大荷物を躱《かわ》した。

旅姿の男は、田畑に逃げようとした。

「野郎……」

由松が飛び掛かり、角手《かくて》を嵌《は》めた拳で旅姿の男を殴り飛ばした。

旅姿の男は、角手の爪で頰を抉られ血を飛ばし、田畑に倒れ込んだ。

由松は、旅姿の男を押さえ付けて縄を打った。

「手前、何者なんだ……」

和馬は、旅姿の男の胸倉を鷲摑《わしづか》みにして引き摺《ず》りあげようとした。

刹那、旅姿の男は、口から血を流してがっくりと項垂《うなだ》れた。

「おい……」

和馬は、焦りを浮かべて旅姿の男を揺り動かした。

「和馬の旦那……」

「野郎、舌を嚙んだ。医者を頼む」

「承知……」

由松は、町並みに走った。

「おのれ……」

和馬は、苛立たしげに旅姿の男に手拭を嚙ました。

旅姿の男は、嚙まされた手拭を血に染めて苦しげな息を微かに洩らしていた。

町方同心から逃げて捕らえられ、舌を嚙み切ろうとした。

真っ当な奴ではない……。

和馬は睨んだ。

道端に落ちている大きな荷物から、八寸程の黒い観音像が転げ出ていた。

幸吉と新八は、商人宿『角屋』を調べた。

商人宿『角屋』は、亭主の善蔵《ぜんぞう》と女将のおこうが三人の女中を雇って営んでいた。

見た限り羽振りは良いようだ。

幸吉は、新八を商人宿『角屋』の見張りに残し、自身番を訪れた。

「商人宿の角屋さんですか……」

店番は、幸吉に訊き返した。

「ええ。繁盛しているようですが、旦那の善蔵さんと女将のおこうさん、商い上手のようですね」

幸吉は尋ねた。

「まあ。商人宿は行商人の常連客が多いですからねえ」

「常連客、どのぐらいいるんですかね」

「さあ、十人ぐらいですか……」

「十人ねえ……」

十人程の常連客で羽振りが良くなるものなのか……。

善蔵は、商人宿『角屋』の他に何か別の事もしているのかもしれない。

幸吉は睨んだ。

勇次と大助は、おりんの家に出入りしている米屋や魚屋などの商人を捜した。

おりんは、表通りの米屋から米を買っていた。

勇次と大助は、おりんの家に米を届けていた手代を呼び出した。

「おりんさんの家でですか……」

手代は、勇次に怪訝な眼を向けた。

「うん。男を見掛けた事はあるかな……」

「いつでしたか、白髪頭の年寄りを見掛けましたよ」

「白髪頭の年寄り……」

「ええ。その時、婆やのおとしさんはおりんさんのお父っつぁんだと云いましたけど……」

「おりんさんのお父っつぁん……」

勇次は眉をひそめた。

「ええ。でも、ありゃあ、違いますよ……」

手代は、意味ありげな笑みを浮かべた。

意味ありげな笑みは、白髪頭の年寄りをおりんを囲っている旦那だと云っていた。

「そうか。で、他に男は……」

勇次は訊いた。

「さあ……」

手代は、申し訳なさそうに首を捻った。

「見掛けないか……」

「ええ。でも、油屋の手代の庄助《しょうすけ》が、浪人さんを見掛けたと云っていましたよ」

「浪人……」

「ええ……」

「勇次さん……」

大助は、浪人を村上伊織だと読んだ。

「ええ。じゃあ、その庄助さんが奉公している油屋は、何処ですかい……」

勇次は尋ねた。


舌を噛んだ旅姿の男は、辛うじて命を取り留めた。だが、喋る事は出来なかった。

和馬と由松は、手当てを終えた旅姿の男を大番屋に繋ぎ、大きな荷物を調べた。

荷物には、転げ出ていた八寸程の黒い観音像の他につまみ簪《かんざし》や江戸独楽《こま》など様々な品物があった。

「つまみ簪に江戸独楽。田舎の娘や子供には良く売れるでしょうね」

由松は読んだ。

「うん。その辺は良く分かるが、観音像が気になるな……」

和馬は、黒い観音像を手に取って眺めた。

「旦那、ちょいと見せて下さい……」

由松は、和馬から黒い観音像を受け取って見廻した。

八寸程の観音像は重く、黒い色が塗られていた。

由松は、手拭を濡らして黒い観音像を擦《こす》った。

手拭に黒い色が僅かに付いた。

由松は、尚も観音像を擦った。

和馬は見守った。

黒い色が擦り取られ、金色の下地が僅かに見えた。

「和馬の旦那……」

由松は、観音像の僅かに見える金色の下地を見せた。

「ああ。金の観音像か……」

和馬は眉をひそめた。

「ええ。盗品ですかね」

「うむ。かもしれないな……」

「って事は、村上の旦那の一件、盗っ人が絡んでいますか……」

由松は読んだ。

「きっと……」

和馬は睨んだ。

「じゃあ、観音像を綺麗に洗ってみますか……」

「そうしてくれ。俺は秋山さまに報せるよ」

和馬は、隠密廻り同心の村上伊織殺しに秘められたものを漸《ようや》く摑んだ思いだった。

「ええ。浪人さんなら見掛けた事がありますけど……」

油屋の手代の庄助は、勇次と大助に怪訝な眼差しを向けた。

「どんな浪人だったかな……」

「はあ、総髪で着流しの浪人さんでしたが……」

「総髪で着流し。歳の頃は……」

「三十過ぎって処ですか……」

「勇次さん……」

「ええ。今の処は村上の旦那のようですね」

「はい……」

大助は、緊張した面持ちで頷いた。

「で、おりんさんとは、どんな風でしたか……」

勇次は尋ねた。

「それが、手前が油を届けに行った時、木戸から出て来て帰って行きましてね……」

「おりんさん、見送りに出ていなかったんですか……」

勇次は首を捻った。

「そう云えば、おりんさん、木戸の内側にいましたよ。あれは、そっと見送っていたってやつですかね」

油屋の手代の庄助は、薄笑いを浮かべて告げた。

「そうですか……」

勇次は頷いた。

村上伊織とおりんは、情を交わした間柄だった……。

勇次は確信した。

「金の観音像か……」

久蔵は、金色に輝く八寸程の観音像を見廻した。

「はい。黒い絵の具を塗り、汚しを掛けてありましたが、綺麗に洗うとその通りに……」

和馬は、厳しい面持ちで告げた。

「盗っ人と拘りがあるか……」

「おそらく。村上さんはその辺を秘かに探索していたのかもしれません」

和馬は読んだ。

「うむ。商人宿の角屋か……」

「はい。今、柳橋たちが見張っています」

「そうか。して、その角屋に村上が出入りをしていた形跡は……」

「今の処は未だ……」

「秋山さま……」

当番同心がやって来た。

「何だ……」

「御子息大助さまがお見えにございます」

「大助が。よし、通してくれ」

久蔵は命じた。

当番同心は立ち去った。

「藤色の霰小紋の着物を着た粋な年増が誰か分かったのですかな……」

和馬は読んだ。

「うむ……」

「父上、これは和馬さん……」

大助は、息を鳴らしながら用部屋に入って来て和馬と久蔵に会釈をした。

「どうした……」

「粋な形の年増が誰か分かりました」

大助は、息を整えながら告げた。

「うむ。何処の誰だった……」

「湯島天神下同朋町に住むおりんと云う女でした」

「おりん……」

「何者だ……」

「それが、小田原の蒲鉾屋の旦那の囲われ者だそうでして……」

「囲われ者……」

久蔵は苦笑した。

「はい……」

「大助さま、旦那は小田原の蒲鉾屋なんですね……」

和馬は尋ねた。

「はい。白髪頭の年寄りで、月に一度ぐらい出て来ているそうです」

「月に一度ですか……」

「はい。それで、そのおりんの家に総髪で着流しの浪人が出入りしていたそうです」

大助は報せた。

「総髪に着流しの浪人……」

久蔵は眉をひそめた。

「秋山さま、村上さんでは……」

和馬は、緊張を滲ませた。

「うむ……」

久蔵は頷いた。

「勇次さんもそう睨み、急ぎ父上に御報せしろと。それで、飛んで来ました」

「そうか、御苦労。よし、八丁堀に帰り、此の事を太市に報せ、屋敷に戻るが良い」

久蔵は、大助に命じた。

「えっ……」

大助は、戸惑いを浮かべた。

「屋敷に戻れ……」

「そ、そんな……」

大助は狼狽えた。

「此以上は、柳橋のみんなの足手纏い、万が一の時は心配と迷惑を掛けるだけだ。それは大助、お前も本意ではあるまい」

「は、はい……」

大助は頷いた。

「ならば、此迄だ……」

久蔵は、厳しく命じた。

久蔵と和馬は、隠密廻り同心の村上伊織殺しに盗賊一味が絡んでいると睨んだ。そして、池之端の商人宿『角屋』と湯島天神下同朋町のおりんの家を見張る事にした。

池之端と湯島天神下同朋町は近い。

和馬と幸吉は、おりんの家を見張る勇次や雲海坊と緊密に繋ぎを取り、由松や新八と商人宿『角屋』を監視下に置いた。

久蔵は、金の観音像の出処を追った。

四

湯島天神下同朋町は夕暮れに覆われた。

勇次と雲海坊は、おりんの家を見張り続けていた。

おりんの家には、婆やのおとしが買い物から戻った他に人の出入りはなかった。

おりんは動かない……。

勇次と雲海坊は見張った。

池之端の商人宿『角屋』は、軒行燈に明かりを灯した。

和馬、幸吉、由松、新八は、商人宿『角屋』を見張った。

羽織姿の中年男が、派手な半纏を着た男を従えて出て来た。

「和馬の旦那……」

幸吉は囁いた。

「ああ。主の善蔵だな……」

和馬は睨んだ。

「ええ。きっと……」

「よし、俺と由松が追ってみる」

「はい……」

幸吉は頷いた。

和馬は、由松と共に善蔵と派手な半纏を着た男を追った。

商人宿『角屋』主の善蔵の行き先は近かった。

善蔵は、派手な半纏を着た男を従え、湯島天神下同朋町の裏通りにある板塀に囲まれた家に入った。

和馬と由松は見届けた。

誰の家なのか……。

和馬は、板塀に囲まれた家を窺った。

小声で読む経が聞こえた。

由松は、雲海坊の読む経だと気が付き、辺りを見廻した。

饅頭笠《まんじゆうがさ》を被った托鉢坊主が、斜向いの路地の暗がりに佇んでいた。

雲海坊だ……。

「和馬の旦那、雲海坊の兄貴です……」

由松は見定め、和馬に囁いた。


和馬と由松は、雲海坊のいる路地の暗がりに入った。

「和馬の旦那……」

雲海坊と勇次は迎えた。

「おう。御苦労だな……」

「いえ。今、入った羽織の中年男、商人宿角屋の旦那ですかい……」

雲海坊は、和馬たちが商人宿『角屋』を見張っている処からそう読んだ。

「ああ。善蔵だ……」

和馬は頷いた。

「で、あの家は、小田原の蒲鉾屋の旦那に囲われているおりんの家か……」

由松は睨んだ。

「ええ。角屋の善蔵とおりんが繋がっていましたか……」

勇次は眉をひそめた。

「うむ。どんな拘りなのか……」

和馬は、おりんの家を見詰めた。

僅かな刻が過ぎた。

おりんの家の板塀の木戸が開いた。

和馬、雲海坊、由松、勇次が見詰めた。

善蔵と派手な半纏を着た男が、木戸から出て来た。

「おりんの奴……」

善蔵は、腹立たしげにおりんの家を一瞥し、派手な半纏の男を従えて立ち去った。

「勇次、雲海坊。じゃあな……」

和馬と由松は、善蔵たちを追って行った。

「おりんと善蔵か……」

雲海坊は眉をひそめた。

「雲海坊さん、善蔵と拘りがあるのは、おりんを囲っている小田原の蒲鉾屋の旦那かもしれませんね」

勇次は読んだ。

「そうか。そうかもしれねえな。よし、勇次、俺は小田原の蒲鉾屋の旦那ってのをちょいと調べてみるぜ……」

「はい……」

雲海坊は、勇次を残して自身番に急いだ。

勇次は、おりんの家を窺った。

おりんの家は雨戸が閉められ、僅かな隙間《すきま》から明かりが洩れていた。

神田明神門前町の盛り場は、酔客たちが行き交っていた。

善蔵と派手な半纏を着た男は、盛り場にある小料理屋に入った。

和馬と由松は見届けた。

「二人で酒を飲みに、わざわざ此処迄来ますかね……」

由松は首を捻った。

「誰かと逢うのかな……」

和馬は、由松の読みに頷いた。

「違いますかね……」

「よし。覗いてみるか……」

和馬は、巻羽織《まきばおり》を脱いで風呂敷に包み、腰に結び付けた。


小料理屋は、様々な客で賑わっていた。

善蔵と派手な半纏を着た男は、髭面《ひげづら》の浪人と衝立《ついたて》の陰で酒を飲んでいた。

和馬と由松は隣に座り、酒を頼んで善蔵と髭面の浪人の話に耳を澄ました。

「誰が野郎を殺ったのか、未だ分からねえのか……」

善蔵の濁声《だみごえ》がした。

「ああ……」

髭面の浪人は酒を飲んだ。

「何処のどいつが殺ったのか……」

善蔵は眉をひそめた。

「で、旦那からの繋ぎは……」

「今の処、何もない……」

髭面の浪人と善蔵は囁き合った。

和馬と由松は、酒を飲みながら善蔵と髭面の浪人の話に聞き耳を立てた。

野郎とは、村上伊織の事なのか……。

和馬は眉をひそめた。

もしそうなら、善蔵たちも村上伊織を殺した者を捜しているのだ。

和馬は読んだ。

「和馬の旦那……」

由松は、戸惑いを浮かべていた。

「ああ。善蔵たちも村上さんを殺した者が何処の誰か知らないようだな」

和馬は酒を飲んだ。

「ええ。それから旦那ってのは、誰なんでしょうね」

由松は眉をひそめた。

「うむ……」

ひょっとしたら、金の観音像に拘りがあるのかもしれない。

和馬は、不意にそう思った。

小料理屋は賑わった。


八寸程の金の観音像は、一ヶ月前に木挽町《こびきちょう》の老舗茶道具屋『秀麗堂《しゅうれいどう》』に盗賊一味が押込み、金と一緒に盗んだ物だった。

押込んだ盗賊は、呑舟《どんしゅう》の藤五郎《とうごろう》一味とされていたがその行方は一切分からなかった。

呑舟の藤五郎は、若い頃に数人の仲間を率いて荷船ごと荷物を奪い、売り捌《さば》いた海賊紛いの盗賊だった。

舟を丸呑みにすると云う意味の〝呑舟〟は、そこから付いた二つ名だった。

その後、呑舟の藤五郎は配下を率いて関八州を荒らし廻っていた。

おりんを囲っている小田原の蒲鉾屋の旦那が、盗賊の呑舟の藤五郎なのか……。

久蔵は読んだ。

隠密廻り同心の村上伊織は、盗賊の呑舟の藤五郎を秘かに追っていたのかもしれない。

その為、妾《めかけ》のおりんに近付いたのか……。

久蔵は、己の読みを続けた。

そして今、呑舟の藤五郎は何処で何をしているのか……。

村上伊織の隠居願には、どんな意味があるのか……。

久蔵は、厳しい面持ちで事態を見極めようとした。


湯島天神下同朋町は、陽差しに白く乾いていた。

雲海坊と勇次は、おりんの家を見張り続けていた。

「あっ……」

勇次は、湯島天神裏門坂道から来た塗笠を被った着流しの侍に気が付いた。

「秋山さまですぜ」

勇次は、塗笠に着流しの侍を久蔵だと見た。

「ああ、間違いない……」

雲海坊は頷いた。

久蔵は、雲海坊と勇次に気付き、二人のいる路地にやって来た。

「おりんはいるのか……」

久蔵は尋ねた。

「はい。秋山さま、何か……」

勇次は、戸惑いを浮かべた。

「うむ。勇次、雲海坊、おりんの旦那の小田原の蒲鉾屋の旦那、ひょっとしたら盗賊の頭かもしれぬ」

久蔵は告げた。

「えっ……」

勇次は驚いた。

「秋山さま、蒲鉾屋の旦那なら今月の初め頃、此処に来て、五日前に小田原に帰っています」

雲海坊は、昨夜自身番で聞いた事を報せた。

「間違いないのか……」

久蔵は念を押した。

「はい。来た時と帰る時に自身番に顔を出していましてね。間違いありません」

雲海坊は告げた。

「秋山さま……」

勇次は、おりんの家を示した。

おりんの家の板塀の木戸が開いた。

久蔵、雲海坊、勇次は、路地に身を潜めた。

おりんが、藤色の霰小紋の着物姿で風呂敷包みを抱えて出て来た。

出掛ける……。

久蔵は見詰めた。

おりんは、辺りを窺って不審な事がないのを見定めた。そして、足早に湯島天神裏門坂道に向かった。

「秋山さま……」

勇次は、久蔵の指示を仰いだ。

「よし。勇次、和馬に商人宿の角屋の者共を盗賊呑舟の藤五郎一味として、一人残らずお縄にしろと伝えろ」

久蔵は命じた。

「盗賊の呑舟の藤五郎……」

勇次は眉をひそめた。

「ああ。俺は雲海坊とおりんを追う……」

「心得ました。じゃあ……」

勇次は、池之端の商人宿『角屋』に走った。

「行くよ……」

「はい……」

雲海坊は、饅頭笠を被り直し、錫杖《しやくじよう》を突いた。

錫杖の鐶《かん》が鳴った。

久蔵は、粋な形をしたおりんを追った。


おりんは、湯島天神裏門坂道から切通しに進んだ。

久蔵と雲海坊は追った。

おりんは、藤色の霰小紋の着物を粋に着こなし、見事な裾捌《すそさば》きで足早に行く。

「粋な年増ですね……」

雲海坊は感心した。

「ああ……」

久蔵は頷いた。

粋な形の年増か……。

久蔵は、悴《せがれ》の大助がどのように感じたのかを思い、苦笑した。

おりんは、風呂敷包みを抱えて切通しを本郷に向かった。

久蔵は追った。


池之端の商人宿『角屋』は、客や奉公人たちの出入りも途絶えていた。

和馬は、勇次の報せを受けて幸吉と踏み込む手筈を決めた。

捕らえる相手は、商人宿『角屋』主の善蔵と女将のおこう。そして、長逗留《ながとうりゆう》している三人の行商人の五人だ。

和馬は、幸吉や新八と正面から踏み込む。

勇次と由松は裏に廻る。

「とにかく人数はこっちも少ない。容赦《ようしや》は無用だ。縄を打っている暇がなければ、動けないように足腰を痛め付けるんだ」

和馬は命じた。

「みんな、聞いての通りだ……」

幸吉は、勇次、由松、新八に厳しい面持ちで告げた。

「承知……」

勇次は十手、由松は萬力鎖《まんりきぐさり》、新八は鼻捻《はなねじ》を握り締めた。

「よし。じゃあ、行くか……」

和馬は笑った。

勇次と由松は、商人宿『角屋』の裏手に廻った。

和馬は、勇次と由松が裏手に廻ったのを見計らって商人宿『角屋』に向かった。

幸吉と新八が続いた。


「邪魔するぜ」

和馬は、幸吉や新八と商人宿『角屋』の土間に踏み込んだ。

「はい……」

帳場にいた女将のおこうが、和馬たちを見て緊張を浮かべた。

「主の善蔵、いるかい……」

和馬は笑い掛けた。

「お前さん、逃げて……」

おこうは、居間に向かって叫んだ。

幸吉が飛び掛かり、おこうを張り飛ばした。

和馬と新八は居間に走った。


居間では、善蔵が慌てて裏手に逃げ出そうとしていた。

和馬と新八が飛び掛かった。

和馬は、善蔵を十手で殴り倒した。

「て、手前ら、俺が何をしたってんだ……」

善蔵は、顔を醜《みにく》く歪めて怒鳴った。

「善蔵、盗賊呑舟の藤五郎との拘り、教えて貰おうか……」

和馬は、善蔵を見据えた。

善蔵は、咄嗟に這《は》ったまま逃げようとした。

新八は飛び掛かり、善蔵を押さえ付けて鼻捻で容赦なく殴り付けた。そして、ぐったりとした善蔵に捕り縄を打った。

和馬と幸吉は、奥の客室に向かった。

裏手から入った由松と勇次が、客室で派手な半纏を着た三人の男たちと激しく闘っていた。

派手な半纏を着た三人の男は、匕首や長脇差を振り廻して抗った。

由松は、萬力鎖の分銅を派手な半纏を着た男の顔面に放ち、鼻血を振り撒《ま》かせた。

勇次は、匕首で突き掛かってきた男の腕を抱え込み、その肩を十手で鋭く打ち据えた。

骨の折れる鈍い音が鳴り、男は悲鳴を上げて蹲《うずくま》った。

残る男は逃げた。だが、駆け付けた和馬が蹴り飛ばした。

男は、蹴り飛ばされて壁に激突した。

壁が崩れ、家が激しく揺れた。

幸吉は、壁に激突して倒れた男に捕り縄を打った。

外濠の水面は光り輝いていた。

おりんは、本郷の通りから神田川沿いに抜けた。そして、神田川沿いの道を西に進んだ。

久蔵と雲海坊は追った。

おりんは、小石川御門の前を通り、牛込御門に向かった。

「何処に行くんですかね……」

「うむ……」

久蔵と雲海坊は尾行た。

おりんは、擦れ違う男たちを振り向かせながら牛込御門を過ぎた。

次は市ヶ谷御門だ……。

久蔵は、藤色の霰小紋の着物を着たおりんの後ろ姿を見詰めて追った。

市ヶ谷御門外には市ヶ谷八幡宮などの寺社があり、門前町には茶店などが連なっていた。

おりんは、一軒の茶店に入った。

「一休みですか……」

「うむ。俺たちもな……」

久蔵は、雲海坊とおりんの入った茶店の縁台に腰掛けた。

おりんは、茶店の老婆に誘われて奥の小部屋に入って行った。

久蔵は見定め、茶店の老爺《ろうや》に茶を二つ頼んだ。

茶店は、店先で笠や草鞋《わらじ》、息杖《いきづえ》などの旅の道具を売っていた。

それは、市ヶ谷御門の次が四ッ谷御門であり、甲州街道や青梅街道に続く四ッ谷大木戸があるからだ。

久蔵と雲海坊は、老爺の持って来た茶を飲んだ。

茶店の老婆が、店先の菅笠《すげがさ》、草鞋、息杖を取って奥の小部屋に行った。

「秋山さま……」

雲海坊は眉をひそめた。

「うむ。おりんは江戸から出るつもりだ……」

久蔵は読んだ。

刻が過ぎた。

茶店の奥から旅姿の女が出て来た。

おりんが着物を着替え、手甲脚絆《てっこうきゃはん》に菅笠を被り、草鞋を履いた旅仕度で茶店の奥から出て来た。

「お気を付けて……」

老婆は見送った。

おりんは会釈をし、外濠沿いを四ッ谷御門に向かった。

「お先に……」

雲海坊は追った。

「父っつぁん、茶代だ」

久蔵は、縁台に二人分の茶代を置いて旅姿のおりんと雲海坊に続いた。


おりんは、四ッ谷大木戸から江戸を出るつもりなのだ。

睨み通りだ……。

久蔵は、先を行く雲海坊に並んだ。

「どうします……」

雲海坊は、久蔵の出方を窺った。

「押さえる……」

久蔵は短く告げた。

「じゃあ、あっしは……」

「うむ……」

久蔵は頷いた。

雲海坊は、おりんの出方によってどうにでも動けるように身を隠した。

長い間、探索を共にして来た久蔵と雲海坊の息のあった遣り方だった。

久蔵は、足取りを速めておりんに近付いた。

「おりん……」

久蔵は呼び止めた。

おりんは振り返った。

「私は南町奉行所の秋山久蔵って者だ……」

久蔵は、おりんを見据えた。

「秋山久蔵さま……」

おりんは菅笠を上げた。

「ああ。村上伊織の事を聞かせて貰おう……」

「村上伊織さま……」

おりんは、眩《まぶ》しげに眼を細めた。

外濠は煌めいた。

おりんは堀端に佇み、覚悟を決めたのか清絶な微笑みを浮かべていた。

「村上伊織は、盗賊呑舟の藤五郎が小田原の蒲鉾屋の旦那だと睨み、囲われていたお前に近付いた……」

久蔵は、己の睨みをおりんに告げた。

「はい。伊織さまは、盗賊の呑舟の藤五郎を捕らえたい一心で私に近付いたんです。心にもない事を云って私を騙《だま》して……」

おりんは、悔しさや哀しさを見せず、淡々と語った。

隠密廻り同心の村上伊織は、盗賊呑舟の藤五郎を捕らえる為に、おりんに甘い言葉を囁いて近付き、利用しようとした。

「して、伊織はどうしたのだ……」

「押込みを終え、角屋の善蔵と云う手下たちと別れて小田原に帰る藤五郎を追い、六郷川の河原で斬り棄て、死体を川に流したと……」

「伊織が呑舟の藤五郎を斬り棄てた……」

「はい……」

久蔵は眉をひそめた。

「そうか。処でおりん、伊織は何と云ってお前を騙したのだ……」

「伊織さまは、蒲鉾屋の旦那に話をつけてお前を貰い受けると、そして武士の身分を棄ててお前と一緒になると……」

「伊織は約束したのか……」

「はい。でも、それは盗賊呑舟の藤五郎を始末して手柄を立てる為の嘘偽りだった。私は騙されたのです。だから、だから私は……」

おりんは、冷たい笑みを滲ませた。

「おりん……」

久蔵は、不吉な物を感じた。

「伊織さまを刺しました……」

おりんは、外濠の煌めきを見据えながら告げた。

隠密廻り同心の村上伊織を刺し殺したのは、粋な形をした年増のおりんだった。

「そうか、おりん、お前が殺ったのか……」

「はい。秋山さま、私が裏切った村上伊織さまを憎み、刺し殺しました」

おりんは、昴ぶりや悔やみを見せずに静かに告げた。

「おりん、お前が伊織の弔いに行き、陰ながら手を合わせたのは分かっている。そいつはお前が伊織に惚れていた証。そして、伊織もお前に惚れていた」

「ち、違う……」

おりんは、微かに声を引き攣《つ》らせた。

「おりん、伊織は南町奉行所に隠居願を出していた……」

「隠居願……」

おりんは眉をひそめた。

「ああ。町奉行所同心を辞めて家督を弟に譲り、隠居をするつもりだった」

「そ、そんな……」

おりんは狼狽えた。

「それに、呑舟の藤五郎を斬り棄てた事は俺たちに報せちゃあいない。そいつは手柄にしようとしていない証だ……」

「秋山さま……」

「おりん、伊織はお前の身を縛る呑舟の藤五郎を斬り棄てて浪人になり、お前との約束を果たそうとしていたのだ……」

久蔵は、伊織の腹の内を読んだ。

おりんは、呆然とした面持ちで堀端にしゃがみ込んだ。

「村上伊織は、お前を騙しても裏切ってもいない。約束を果たそうとしていた。おりん、伊織は心底、お前に惚れていた。私はそう思う……」

久蔵は微笑んだ。

「伊織さま……」

おりんは、煌めく外濠を悲しげに見詰めた。

涙が零《こぼ》れ、頬を伝い落ちた。

おりんは、声をあげずに泣いた。

久蔵は、おりんと村上伊織を哀れまずにはいられなかった。

色鮮やかな一枚の病葉《わくらば》が、微風に吹かれて舞い飛び、煌めく外濠に音もなく落ちた。

第三話

幼馴染《おさななじみ》

一

隅田川はゆったりと流れていた。

勇次は、船宿『笹舟』の女将のお糸《いと》と倅の平次《へいじ》を向島の御隠居と大女将の家に送り、猪牙舟《ちょきぶね》を隅田川の流れに乗せた。

向島の御隠居の弥平次は、かつては〝柳橋の弥平次〟と呼ばれた岡っ引であり、大女将のおまきは船宿『笹舟』を繁盛させた。

今の女将のお糸は、浪人の娘だったが親を亡くし、弥平次おまき夫婦の養女になった。そして、船宿『笹舟』の二代目女将となって幸吉と所帯を持った。

勇次は、船宿『笹舟』の船頭から柳橋の弥平次の手先となり、今は岡っ引の柳橋の幸吉の下っ引となっていた。

隅田川は、吾妻橋《あづまばし》を過ぎて大川と呼ばれた。

勇次は、吾妻橋を潜って猪牙舟を両国橋に進めていた。

船宿『笹舟』は、両国橋の手前に流れ込む神田川を入った処の柳橋の袂にある。

勇次は、御厩《おうまや》河岸の渡し場から浅草御蔵に差し掛かった。

浅草御蔵は一番堀から八番堀迄あり、四番堀と五番堀の間に首尾ノ松があった。

勇次は、猪牙舟を進めた。

浅草御蔵を過ぎ、大名屋敷の裏手を抜けて町方の地に入った時、河岸から若い男が派手な半纏を着た男たちによって大川に突き落とされた。

水飛沫《みずしぶき》が煌めいた。

若い男は、泳げないのか手足を必死に動かして踠《もが》いた。

派手な半纏を着た男たちは、大川で無様に手足をばたつかせている若い男に大笑いをしながら立ち去った。

何て真似をしやがる……。

勇次は、必死に手足をばたつかせている若い男に猪牙舟を近付けた。

「落ち着け。落ち着いて棹《さお》に摑まれ……」

勇次は、水飛沫をあげている若い男に怒鳴り、棹を差し出した。

若い男は、勇次の差し出した棹を必死に握り締めた。

「よし、放すんじゃあねえぞ……」

勇次は、棹を引き寄せ、若い男を猪牙舟に引き上げた。

若い男は、猪牙舟の船底にへたり込んで噎《む》せ込みながら水を吐き、乱れた息を整えた。

髷《まげ》は大きく崩れ、濡れた印半纏からは水が滴り落ちていた。

職人か……。

勇次は睨み、若い男が落ち着くのを待ちながら猪牙舟を進めた。

「お陰さまで助かりました……」

若い男は、勇次に頭を下げた。

「礼には及ばねえが、酷い奴らだな」

「え、ええ……」

若い男は、固い面持ちで頷いた。

「喧嘩かい……」

「はい、まあ……」

若い男は、言葉を濁した。

「彼奴《あいつ》らが何処の誰か分かっているなら、町奉行所に訴え出ると良いぜ」

勇次は勧めた。

「いえ。お陰さまで怪我もないので……」

若い男は、僅かに頬を引き攣らせた。

「そうか……」

勇次は眉をひそめ、猪牙舟を神田川に入れた。


柳橋は、大川から神田川に入って直ぐに架かっている。

勇次は、猪牙舟を船宿『笹舟』の船着場に着けた。

「柳橋だ。此処でいいな……」

「はい。ありがとうございました」

若い男は、深々と頭を下げた。

「いや。俺は勇次って者だが、お前さんは……」

勇次は尋ねた。

「は、はい。あっしは伊吉《いきち》です……」

若い男は、躊躇《ためら》いがちに名乗った。

「伊吉さんかい……」

勇次は念を押した。

「はい。お世話になりました。じゃあ御免なすって……」

伊吉は、勇次に会釈して猪牙舟を降り、神田川沿いを浅草御門に足早に立ち去った。

何だ彼奴……。

勇次は見送った。

「勇次の兄貴……」

蕎麦屋『籔十《やぶじゅう》』の表の掃除をしていた清吉《せいきち》が、去って行く伊吉を見ながら柳橋を渡って来た。

「おう。清吉……」

「彼奴、ひょっとしたら今の人、伊吉じゃありませんか……」

清吉は、怪訝な面持ちで立ち去って行く伊吉を眺めた。

「ああ。そうだけど、知っているのか……」

「ええ。餓鬼の頃に。苛《いじ》めっ子でしてね。近所の鼻摘《つま》みで、あっしも何度も泣かされましたよ」

清吉は苦笑した。

「へえ。近所の鼻摘みの苛めっ子……」

勇次は、戸惑いを浮かべた。

「ええ。何か……」

清吉は、勇次の戸惑いに気が付いた。

「うん。伊吉、四、五人の男たちに大川に突き落とされてな。溺《おぼ》れていた処を助けてやったんだが……」

勇次は眉をひそめた。

「えっ。あの伊吉の野郎が、大川に突き落とされたんですかい……」

清吉は驚いた。

「ああ。苛めっ子と云うより、ありゃあ苛められているようだったぜ」

勇次は告げた。

「へえ、そうですか。あの苛めっ子の伊吉がねえ……」

「清吉、伊吉は職人のようだが、何をしているのかな……」

「さあ、良く分かりませんが、噂じゃあ大工の修業をしていると聞いていますよ」

「ほう。大工か……」

「ええ。でも、本当かどうかは……」

清吉は眉をひそめた。

「分からないか……」

「はい……」

「そうか……」

勇次は、神田川沿いの道を眺めた。

伊吉の姿は既に見えなかった。

翌朝、両国橋の橋脚に派手な半纏を着た男の死体が引っ掛かっていた。

報せを受けた幸吉は、勇次、新八、清吉に死体を引き上げるように命じた。

勇次は、新八と清吉を乗せて猪牙舟を漕《こ》ぎ出し、両国橋の橋脚に引っ掛かっている死体を引き上げた。そして、両国橋の橋番所に死体を運んだ。

死体の男の派手な半纏は、背中に唐獅子《からじし》の図柄が描かれていた。

幸吉は、男の死体を下帯一本にして検めた。

男の死体には、此と云った斬り傷や刺し傷はなかった。

「斬り傷や刺し傷がないって事は、誤って落ちて溺れ死んだのですかね……」

新八は眉をひそめた。

「いや。頭を殴られて、突き落されたのかもしれないぜ……」

幸吉は、男の死体の頭を検めた。

頭の髪の下には、殴られた痕《あと》があった。

「殴られた痕だ……」

幸吉は見定めた。

「じゃあ、殴られて気を失った処を大川に放り込まれ、溺れ死にましたか……」

清吉は読んだ。

「うむ。そんな処だな……」

幸吉は頷いた。

「親分、仏さんの持ち物の中に身許の分かるような物はありませんね」

死体の男の着物、巾着、手拭などを調べていた勇次が告げた。

「そうか……」

「ですが、気になる物があります」

勇次は告げた。

「何だ、気になる物ってのは……」

幸吉は眉をひそめた。

「はい。此の唐獅子の図柄の半纏です」

勇次は、死体の男が着ていた唐獅子の図柄の半纏を示した。

「半纏……」

幸吉は、勇次に怪訝な眼を向けた。

「ええ。昨日、伊吉って若い職人を大川に突き落とした奴らがいましてね。そいつらが派手な半纏を着ていて、中に唐獅子の図柄もあったかと……」

勇次は眉をひそめた。

「じゃあ勇次の兄貴、仏さんは伊吉を突き落とした奴らの仲間なんですか……」

清吉は驚いた。

「かもしれねえって事だ……」

「勇次、そいつらが何処の誰か突き止める手立てはあるのか……」

幸吉は尋ねた。

「はい。大川に突き落とされた伊吉って若い職人に訊けば分かるかもしれません」

「伊吉って若い職人の居場所は、分かっているんだな……」

「清吉、伊吉の家は何処だ……」

勇次は、清吉に訊いた。

「入谷の鬼子母神《きしもじん》の近くですが、昔の事ですから未だ住んでいるかどうか……」

清吉は首を捻った。

「清吉、お前、伊吉って職人を知っているのか……」

幸吉は、清吉に尋ねた。

「はい。餓鬼の頃、伊吉は苛めっ子で、俺は良く泣かされたんです」

清吉は苦笑した。

「そう云う事か。仏さんの身許が分かるかもしれないのなら、何でもやるしかない。勇次、清吉と伊吉って若い職人から辿ってみてくれ」

「はい……」

勇次と清吉は頷いた。

「新八、仏さんが両国橋の橋脚に引っ掛かっていたのは、大川の上流か、神田川から流れて来たからだ。そいつを突き止める。雲海坊と由松に報せてくれ」

幸吉は命じた。

「承知……」

新八は頷いた。

「俺は和馬の旦那に報せるぜ」

幸吉は、取り敢えずの探索を決めた。


入谷鬼子母神の境内では、小女《こおんな》が赤ん坊を負ぶって子守唄を歌っていた。

勇次と清吉は、鬼子母神裏を抜けて御切手町《ごぎってちよう》に入った。

「あっしの親父は、もう死にましたが此の先にある小さな沼の傍の家で居職《いじよく》の錺《かざり》職《しよく》をしていましてね。こっちです……」

清吉は、己の素性をそれとなく伝えながら勇次を誘った。

御切手町の奥には、木戸に銀杏《いちよう》の木のある古い長屋があった。

「此処ですぜ……」

清吉は、古い長屋の木戸を潜った。

勇次は続いた。

古い長屋の井戸端では、初老のおかみさんが洗濯をしていた。

「やあ……」

清吉は、洗濯をしている初老のおかみさんに声を掛けた。

初老のおかみさんは、怪訝な面持ちで振り返った。

「おかみさん、ちょいと訊きたい事があるんですがね……」

勇次は、初老のおかみさんに笑い掛けながら小粒を握らせた。

「えっ、何ですか……」

初老のおかみさんは、小粒を握り締めた。

「此の長屋に伊吉はいるかな……」

勇次は訊いた。

「伊吉……」

初老のおかみさんは眉をひそめた。

「此の辺りの餓鬼大将で苛めっ子だった伊吉ですよ……」

清吉は告げた。

「ああ、不忍池の料理屋で仲居をしていたおきぬさんの処の悪餓鬼の伊吉かい……」

「そうそう、その伊吉。未だ此の長屋にいるんですか……」

「いえね。五年前におっ母さんのおきぬさんがいなくなってね。その後、伊吉は越して行きましたよ」

初老のおかみさんは告げた。

「おっ母さんのおきぬさんがいなくなったって、どうしたんですかい……」

勇次は眉をひそめた。

「それが、此処だけの話だけどね。おきぬさん男と駆落ちしたって噂だよ」

「駆落ち……」

清吉は驚いた。

「ええ。未だ子供の伊吉を残してねえ」

初老のおかみさんは、微かな怒りを過ぎらせた。

「五年前なら十三歳ですよ、伊吉……」

清吉は告げた。

「うむ。それで、伊吉は何処に越したか、分かりますか……」

勇次は尋ねた。

「確か大七《だいしち》って大工の棟梁《とうりよう》の処に弟子入りしたと聞いていますよ」

「大七って大工の棟梁ですか……」

清吉は眉をひそめた。

「大工大七、神田須田町に昔からある名高い大工の組だよ」

勇次は知っていた。

「で、伊吉、どうかしたのかい……」

初老のおかみさんは、小粒を握り締めて清吉に笑い掛けた。

「いえ。ちょいとね……」

清吉は、笑って言葉を濁した。

「そうかい。ま、良く考えてみれば、伊吉もおっ母さんに棄てられて、可哀想な子だよ……」

初老のおかみさんは、伊吉を哀れんだ。

「勇次の兄貴……」

「うん。神田須田町の大工大七だ……」

勇次は頷いた。

南町奉行所の用部屋の障子には、木洩れ日が揺れていた。

「唐獅子の図柄の半纏を着た仏か……」

久蔵は眉をひそめた。

「ええ。柳橋の見立では、頭を殴られて大川に落とされ、土左衛門《どざえもん》になったそうです」

和馬は告げた。

「間違いないか、柳橋の……」

「きっと……」

幸吉は、久蔵を見詰めて頷いた。

「よし。して、仏は何処の誰か分かっているのか……」

「いいえ。未だ……」

「そうか。とにかく仏の身許を突き止め、その行状《ぎようじよう》と身辺にいる者。それから恨みを持っている者だな……」

久蔵は告げた。

「心得ました。では……」

和馬と幸吉は頷き、久蔵に一礼して用部屋を後にした。

「唐獅子の半纏か……」

久蔵は苦笑した。


両国橋からの大川の上流……。

両国橋の手前で大川に流れ込む神田川……。

唐獅子の半纏を着た仏は、そのどちらかから流されて来た。

和馬、幸吉、雲海坊、由松、新八は、大川の上流と神田川沿いに唐獅子の半纏を着た仏の足取りを探した。


神田須田町の大工『大七』からは、鋸《のこぎり》や鑿《のみ》を使う音が聞こえていた。

勇次と清吉は、大工『大七』の店と裏の作業場を窺った。

作業場では、四人の若い大工たちが白髪頭の棟梁らしい年寄りの指図で材木を切り、鑿で刻んでいた。

「白髪頭の年寄りが棟梁の久七《きゅうしち》さんですかね」

清吉は睨んだ。

「きっとな。処で伊吉はいないな……」

勇次は、働いている四人の若い大工たちを見廻した。

「ええ……」

清吉は眉をひそめた。

「よし。清吉……」

勇次は、清吉に笑い掛けた。


「御免なすって……」

清吉は、大工『大七』の店土間に入った。

「はい……」

初老のお内儀が、奥から出て来た。

棟梁久七のお内儀だ……。

清吉は、腰を低くした。

「これは、大七のお内儀さんですか、あっしは清吉って者でして、此方に幼馴染《おさななじみ》の伊吉がお世話になっていると聞いたのですが……」

清吉は笑い掛けた。

「あら、伊吉の幼馴染なんですか……」

「はい。餓鬼の頃、入谷の鬼子母神の境内で良く遊んだ者ですが、伊吉はいますか……」

「それが、伊吉は普請場《ふしんば》の方に通っていましてね。それに、もう此処にはいないんですよ」

お内儀は、申し訳なさそうに告げた。

「えっ、もう此処にはいない……」

清吉は眉をひそめた。

「ええ。今年の春から独り立ちしてね。今は鎌倉河岸にある甚兵衛《じんべえ》長屋で暮らしているんですよ」

「鎌倉河岸の甚兵衛長屋……」

「ええ。だから今は甚兵衛長屋から普請場に真っ直ぐ通っていてね……」

「普請場は何処ですか……」

「普請場は浜町堀の富沢町ですよ」

お内儀は告げた。

鎌倉河岸と浜町堀の富沢町は、神田須田町の大工『大七』に立ち寄らずに往き来できる。

「そうですか、良く分かりました……」

「どうだった……」

勇次は、大工『大七』から出て来た清吉を迎えた。

「はい。伊吉は今、鎌倉河岸の甚兵衛長屋で暮らしていて、浜町堀の富沢町の普請場に通っているそうです」

「鎌倉河岸と浜町堀か……」

勇次は、大きく西に傾いている陽を眩しげに眺めた。

陽が沈む迄、後一刻はある……。

勇次は読んだ。

「どうします」

清吉は、勇次の出方を窺った。

「よし、浜町堀だ……」

勇次と清吉は、浜町堀の富沢町に急いだ。

大工『大七』の作業場からは、鋸や鑿の音が響き続けていた。

二

大川には様々な船が行き交っていた。

和馬は、幸吉や新八と大川沿いに唐獅子の半纏を着た男を知っている者を捜した。しかし、知っている者は容易に見付からなかった。


神田川は煌めいていた。

雲海坊と由松は、神田川沿いの町の木戸番に唐獅子の半纏を着た男を知らないか尋ね歩いた。

柳森稲荷《やなぎもりいなり》は神田川沿いの柳原《やなぎわら》通り、和泉橋の西にあった。

雲海坊と由松は、柳森稲荷の前の茶店の縁台に腰掛けて茶を頼んだ。

柳森稲荷の前には、古着屋や古道具屋、屋台の飲み屋などが出ていた。

雲海坊と由松は、茶を飲んで一息入れた。

「雲海坊の兄貴……」

由松は、茶を飲みながら屋台の飲み屋を示した。

屋台の飲み屋には、派手な半纏を着た二人の男がいた。

「般若《はんにゃ》と昇り竜か……」

雲海坊は、二人の男の派手な半纏の図柄を見た。

「ええ。般若と昇り竜、唐獅子の仏と拘りはないですかね……」

由松は、派手な半纏の二人を見詰めた。

「よし、訊いてみるか……」

雲海坊は、茶を飲み干して立ち上がった。

般若と昇り竜の図柄の半纏を着た二人の男は、湯呑茶碗の安酒を飲みながら世間話をしていた。

「やあ。兄いたち、ちょいとお邪魔しますよ」

由松は、親しげに二人の派手な半纏の男に声を掛けた。

二人の半纏の男たちは、由松に怪訝な視線を向けた。

「見事な般若と昇り竜の半纏だね」

由松は笑い掛けた。

「そうかい、まあな……」

二人の男は、嬉しげに笑った。

「で、兄いたち、唐獅子の図柄の半纏を着た知り合いはいないかな……」

由松は訊いた。

「唐獅子の図柄……」

二人の男は眉をひそめた。

「ああ。知らないかな……」

「唐獅子の図柄の半纏を着た野郎を捜しているのかい……」

般若の半纏の男は、由松に鋭い眼を向けた。

「ああ……」

「お前さん、何者なんだい……」

昇り竜の半纏の男は、その眼に警戒を浮かべた。

「そんな事は良いじゃあねえか。どうだ、知っているのか……」

由松は、冷笑を浮かべた。

「煩《うる》せえ。知らねえぜ、唐獅子の半纏野郎なんか……」

般若の半纏を着た男は、由松を突き飛ばそうとした。

由松は躱し、その尻を蹴飛ばした。

般若の半纏を着た男は、尻を蹴られて前のめりに無様に倒れ込んだ。

「何だ、この野郎……」

昇り竜の半纏の男は、懐から匕首を抜いた。

刹那、雲海坊が錫杖で匕首を叩き落とした。

昇り竜の半纏の男は驚いた。

「何事も正直が一番。南無阿弥陀仏……」

雲海坊は、昇り竜の半纏を着た男の足を錫杖で打ち払った。

昇り竜の半纏の男は、尻から仰向けに倒れた。

雲海坊は、錫杖の石突を仰向けに倒れた昇り竜の半纏の男の喉元に突き付けた。

「唐獅子の半纏を着た奴、知らないかな……」

雲海坊は訊いた。

「知らねえ。唐獅子の半纏を着た野郎なんか知らねえ……」

昇り竜の半纏の男は、恐怖に声を引き攣らせた。

「お前はどうだい……」

由松は、地面に押さえ付けた般若の半纏の男の腕を容赦なく捩じ上げた。

「お、俺も知らねえ。本当だ……」

般若の半纏の男は、悲鳴のように叫んだ。

浜町堀に西日が映えた。

勇次と清吉は、富沢町の木戸番に大工『大七』の普請場が何処かを尋ねた。

普請場は、富沢町の裏通りにあった。

仕舞屋《しもたや》を建てている大工『大七』の普請場には、三人の大工が働いていた。

勇次と清吉は、三人の大工を窺った。

一番若い大工が伊吉だった。

「伊吉ですよ……」

清吉は示した。

「うん……」

勇次は、働く伊吉を見守った。

「呼び出しますか……」

清吉は、勇次の指示を仰いだ。

「いや、もう直《じき》、仕事仕舞いだ。それからだ」

勇次は、伊吉の立場を気遣った。

「はい……」

清吉は、笑みを浮かべて頷いた。

伊吉は、仕事仕舞いに向けて仕事を急いでいた。

勇次と清吉は見守った。


夕暮れ時、普請場仕事は終わった。

若い伊吉は残り、普請場の片付けと掃除をした。そして、道具箱を担いで普請場から立ち去ろうとした。

「伊吉さん……」

勇次は呼び止めた。

伊吉は、怪訝な面持ちで振り返った。

「やあ……」

勇次は笑い掛けた。

清吉は、勇次の後ろから伊吉を見守った。

「あっ、昨日はどうも……」

伊吉は、勇次が誰か気が付いて頭を下げた。

「いや。それより昨日、お前さんを大川に突き落とした奴らの中に唐獅子の図柄の半纏を着た奴がいたね」

勇次は尋ねた。

「えっ……」

伊吉は、戸惑いを浮かべた。

「そいつが何処の誰か、教えちゃあくれないかな……」

「さあ、あいつらが何処の誰か、あっしは知りません……」

伊吉は、表情を固くした。

「知らない……」

勇次は眉をひそめた。

「はい……」

伊吉は、視線を逸らして頷いた。

知っている……。

勇次は睨んだ。

「じゃあ……」

伊吉は立ち去ろうとした。

「暫くだな、伊吉……」

清吉は呼び掛けた。

伊吉は、清吉を見詰めた。

「俺だよ。餓鬼の頃、鬼子母神の境内でいつもお前に泣かされて、金を巻き上げられていた清吉だよ」

清吉は笑った。

「えっ……」

伊吉は、戸惑いを浮かべて清吉を見た。

「忘れたか、俺の事……」

清吉は苦笑した。

「清吉か……」

伊吉は、清吉を思い出した。

「ああ、お前もいろいろ大変だったようだが、大工になれて良かったな……」

清吉は告げた。

「清吉、お前は……」

「うん。蕎麦職人の見習をしながら、岡っ引の柳橋の幸吉親分のお世話になっている……」

清吉は告げた。

「じゃあ、勇次さんは……」

伊吉は、勇次を見た。

「ああ。勇次の兄貴は、柳橋の親分の下っ引を勤めていてな。元は船頭だぜ」

清吉は教えた。

「そうでしたか……」

「うん。で、伊吉、唐獅子の図柄の半纏を着た男だが、知らないか……」

勇次は、改めて尋ねた。

「あいつ、どうかしたんですか……」

伊吉は眉をひそめた。

清吉は、伊吉を見た。

伊吉は、唐獅子の半纏を着た男が死んだのを知らない……。

清吉は睨んだ。

「うむ。あの唐獅子の半纏を着た男だが、今朝、両国橋で土左衛門で見付かってね」

「土左衛門で……」

伊吉は驚いた。

「ああ。で、身許を調べているんだが、名前を知らないか……」

「はい。名前は知りません……」

伊吉は首を捻った。

「じゃあ昨日、どうして大川に突き落とされたのかな……」

「そ、それは……」

伊吉は口籠もった。

「伊吉……」

清吉が促した。

「仙太《せんた》がいたんだ……」

伊吉は、躊躇いがちに告げた。

「仙太……」

清吉は眉をひそめた。

「ああ……」

「仙太って、俺と一緒にお前に苛められて泣いていた仙太か……」

清吉は思い出した。

「ああ。昨日、大川の傍でばったりと出逢い、一緒にいた唐獅子の半纏を着た奴らに、餓鬼の頃、此奴にしょっちゅう苛められて、泣かされ、金を巻き上げられたと云って……」

伊吉は項垂れた。

「それで、仙太や唐獅子の半纏の奴らに大川に突き落とされたのか……」

勇次は読んだ。

「はい……」

伊吉は頷いた。

「で、伊吉、仙太は今、何をしているんだ」

清吉は、伊吉を見詰めた。

「新鳥越の博奕打ちの貸元の処にいるって聞いた事がある……」

伊吉は告げた。

「そうか、仙太、博奕打ちになったのか……」

清吉は知った。

唐獅子の図柄の半纏を着た男は、仙太の兄貴分の博奕打ちなのだ。

「ああ……」

伊吉は頷いた。

「勇次の兄貴……」

「うん。唐獅子の半纏の仏は、新鳥越の博奕打ちかもな……」

「きっと……」

清吉は頷いた。

「伊吉、浅草は新鳥越の博奕打ちの貸元ってのが誰か分かるか……」

勇次は訊いた。

「いいえ。知りません……」

伊吉は首を横に振った。

「そうか。いや、伊吉、造作を掛けたな。いろいろ助かったぜ……」

勇次は、伊吉に礼を云った。

伊吉は、勇次に頭を下げ、清吉に引き攣った笑みを見せた。

「餓鬼の頃、人を苛めた報いだな……」

伊吉は、詫びるように清吉に深々と頭を下げて立ち去った。

「伊吉……」

清吉は、鎌倉河岸の甚兵衛長屋に帰る伊吉を見送った。

道具箱を担いで行く伊吉の後ろ姿は、淋しげだった。

伊吉は、餓鬼の頃に清吉や仙太を苛めて泣かせた。その後、仲居をしていた母親が男と駆落ちし、一人残された伊吉はどんな思いで生きて来たのだろうか……。

清吉は、伊吉の淋しげな後ろ姿に辛さと厳しさを見た。

「よし。清吉、今日は此迄だ。笹舟に戻るぜ」

勇次は、柳橋に向かった。

「はい……」

清吉は続いた。

夕陽は沈み、浜町堀は夕暮れの青黒さに覆われた。


行燈の明かりは、酒を飲む幸吉、雲海坊、由松、勇次を照らした。

「浅草は新鳥越の博奕打ちか……」

幸吉は、猪口の酒を飲んだ。

「はい。名前は未だ分かりませんが、おそらく間違いないと思います」

勇次は、手酌で酒を飲んだ。

「新鳥越の博奕打ちなら、貸元の観音の鉄五郎《てつごろう》の処の者かもしれませんね」

由松は告げた。

「観音の鉄五郎か……」

「ええ。確か賭場は橋場の貧乏寺だと聞いていますよ」

「もし、そうなら唐獅子の半纏の仏が大川に落ちたのは、今戸町辺りか……」

幸吉は読んだ。

「きっと……」

勇次は頷いた。

「よし。明日はその辺を調べてみよう」

「はい……」

「で、勇次、その大工の伊吉、餓鬼の頃は苛めっ子だったのか……」

雲海坊は、手酌で酒を飲みながら尋ねた。

「ええ。清吉、随分と泣かされたり、金を巻き上げられたそうですよ。尤《もっと》も僅かな文銭だそうですがね」

「で、清吉と一緒に苛められていた仙太ってのが、今は博奕打ちの三下って訳か……」

雲海坊は訊いた。

「ええ。そして、餓鬼の頃に苛めてくれた伊吉を唐獅子の半纏の仏たちと大川に突き落とした……」

「餓鬼の頃の苛めっ子と苛められっ子が、大人になって入れ替わったか……」

雲海坊は苦笑した。

「雲海坊、その伊吉、ちょいと見張ってくれ」

幸吉は命じた。

「親分……」

勇次は戸惑った。

「勇次、伊吉は唐獅子の半纏の仏や仙太に大川に突き落とされて殺され掛けたんだ。そいつを恨みに思い、逆に突き落としたかもしれない。まったくないとは云えないだろう……」

幸吉は読んだ。

「はい……」

勇次は、幸吉の読みに頷いた。

「勇次、伊吉の暮らす長屋と浜町堀の普請場が何処か、後で教えてくれ」

雲海坊は、勇次に笑い掛けた。

「はい……」

勇次は頷いた。

行燈の火は、小さな音を鳴らして瞬いた。


金龍山浅草寺は参拝客で賑わっていた。

幸吉は、勇次や清吉と浅草新鳥越町の木戸番を訪れた。

「こりゃあ、柳橋の親分……」

顔見知りの老木戸番は、笑顔で幸吉、勇次、清吉を迎えた。

「やあ。父っつぁん、変わりはないかい……」

幸吉は、親しげに尋ねた。

「ああ。お陰さんでね……」

「そいつは何よりだ」

「で、親分、今日はなんだい……」

老木戸番は、幸吉、勇次、清吉に茶を差し出した。

「済まないね、戴くよ。処で博奕打ちの観音一家だが……」

幸吉は茶を飲んだ。

「何か為出《しで》かしたかい、陸《ろく》でなしの博奕打ち共が……」

老木戸番は、博奕打ちが嫌いなのか蔑みと嘲《あざけ》りを浮かべた。

「その博奕打ちたちの中に唐獅子の図柄の半纏を着た者はいないかな……」

「ああ。いるぜ。唐獅子の寛平《かんぺい》って馬鹿野郎がな……」

老木戸番は吐き棄てた。

「唐獅子の寛平……」

幸吉は眉をひそめた。

「ああ。粋がった乱暴者だ」

「で、父っつぁん。その唐獅子の寛平って博奕打ち、昨日今日、見掛けましたか
……」

勇次は訊いた。

「えっ。そう云えば、昨日今日と見掛けちゃあいないな。うん……」

老木戸番は、自分の言葉に頷いた。

「親分……」

勇次は、両国橋の橋脚に引っ掛かった唐獅子の図柄の半纏を着た仏を、博奕打

ちの唐獅子の寛平だと見定めた。

「うん……」

幸吉は頷いた。

「寛平の馬鹿、どうかしたのかい……」

「まあな。処で父っつぁん、一昨日の夜、隅田川沿いの土手で揉め事はなかったかな」

「隅田川沿いで揉め事……」

老木戸番は眉をひそめた。

「ああ……」

「さあ、そんな話や噂、取り立てて聞いちゃあいないけどな……」

老木戸番は、細く筋張った首を捻った。

「そうかい。いろいろ助かったぜ……」

幸吉は、礼を云って木戸番屋を出た。

勇次と清吉は続いた。

「博奕打ちの唐獅子の寛平か……」

幸吉は眉をひそめた。

「おそらく間違いないと思いますが、観音一家に行き、唐獅子の寛平が本当にいないか見定め、恨みを買っていないかどうか調べてみますよ」

勇次は告げた。

「うむ。清吉も一緒に行ってくれ」

「はい……」

「俺は由松と新八に唐獅子の寛平の事を報せ、隅田川沿いを調べるぜ」

幸吉は、隅田川沿いの花川戸町、山之宿町、今戸町、橋場町などの土手に唐獅子の寛平が落ちた処を探している由松と新八の許に向かった。

新鳥越町の観音一家は大戸を開け、三下たちが店先の掃除をしていた。

勇次と清吉は、物陰から観音一家を窺った。

「仙太はいるか……」

勇次は、清吉に訊いた。

「そいつなんですが……」

清吉は、掃除をする三下たちを見廻した。

「いませんね……」

清吉は眉をひそめた。

「仙太、いないのか……」

「はい、あの中には……」

仙太は、店先ではなく家の中の掃除をしているのかもしれないし、使いで出掛けているのかもしれない。

「そうか、よし……」

勇次と清吉は、博奕の貸元観音の鉄五郎一家の様子を窺う事にした。

三

隅田川は滔々《とうとう》と流れていた。

幸吉は、由松や新八と今戸町の隅田川沿いで落ち合った。

「どうでした……」

「うん。どうやら仏は、観音一家の唐獅子の寛平って奴らしい……」

「唐獅子の寛平ですかい……」

由松は眉をひそめた。

「うん。木戸番の父っつぁんの話じゃあ、馬鹿で粋がった乱暴者だそうだ。勇次たちが恨みを買っていないか、調べる手筈だ。で、こっちはどうだ……」

「花川戸と山之宿の木戸番の話じゃあ、一昨日の夜、別に変わった事はなかったと……」

新八は告げた。

「そうか……」

幸吉は、滔々と流れる隅田川を眩しげに眺めた。


観音一家は三下たちの掃除も終わり、静けさが漂っていた。

勇次と清吉は、観音一家の様子を窺っていた。

「処で清吉、仙太ってのはどんな奴だ……」

「どんなって、左官職の倅で、俺と一緒に伊吉に苛められましてね。泣かされたり、金を巻き上げられたり……」

「苛められっ子仲間か……」

「ええ。尤も後になってからは、仙太は伊吉に取り入って腰巾着になり、苛める側に廻っていましたけどね」

清吉は苦笑した。

「えっ。苛めっ子になったのか……」

勇次は眉をひそめた。

「ええ。要領の良い奴ですからね……」

「へえ。仙太ってのは、そんな人柄か……」

勇次は呆れた。

「ええ……」

「清吉……」

観音一家から三下が現れ、軽い足取りで山谷堀《さんやぼり》に向かった。

「唐獅子の寛平が伊吉を大川に突き落とした時、一緒にいた奴らの一人だ」

勇次は告げた。

「あいつも一緒にいたんですか……」

「ああ。追ってみよう」

勇次と清吉は、軽い足取りで行く三下を追った。

金龍山浅草寺の境内は賑わっていた。

三下は、連なる露店を冷かし、擦れ違う娘をからかった。

「調子の良い野郎ですね……」

清吉は笑った。

「ああ。願ったり叶ったりだ。ちょいと聞き込みを掛けるぜ」

「はい……」

勇次と清吉は、古道具屋を冷かしている三下に駆け寄った。


浅草寺の北門を出ると田畑が広がり、その向こうに新吉原がある。

「なんだい、俺に用って……」

三下は、人の出入りの少ない北門の脇で勇次と清吉を振り返った。

「兄い、名前は何て云うんだい……」

勇次は尋ねた。

「俺かい、俺は新鳥越の観音一家の梅吉《うめきち》って者だが、お前さんたちは……」

「あっしたちは……」

勇次は、懐の十手を見せた。

「えっ……」

梅吉は、思わず逃げようとした。

勇次は、咄嗟に足を飛ばした。

梅吉は、派手に飛んで前のめりに倒れた。

清吉は、倒れた梅吉を取り押えて引き摺り起こした。

「梅吉、観音一家に唐獅子の寛平って博奕打ちがいるな……」

「は、はい……」

梅吉は頷いた。

「その唐獅子の寛平ってのは、一昨日、仙太の幼馴染をおまえたちと一緒に大川に突き落とした野郎だな」

「はい……」

「間違いないな……」

「はい……」

「よし。で、唐獅子の寛平、誰かに恨まれていないかな……」

「えっ。唐獅子の兄貴を恨んでいる奴ですかい……」

梅吉は、困惑を浮かべた。

「ああ……」

「多いですからねえ、恨んでいる奴……」

「へえ、そんな奴なのか、唐獅子の寛平ってのは……」

勇次は苦笑した。

「ええ。此処だけの話ですがね。餓鬼で云えば苛めっ子ですか、良い歳をして、粋がった馬鹿な乱暴者ですよ」

梅吉は、寛平を嘲笑した。

「苛めっ子なあ……」

「ええ。あっしも昔は苛められましたよ」

梅吉は吐き棄てた。

「じゃあ、他の三下たちもか……」

清吉は訊いた。

「ええ。みんな苛められていますよ……」

梅吉は頷いた。

三下は、みんな唐獅子の寛平に苛められている。となると、仙太も苛められて来ているのだ。

清吉は読んだ。

「酷い野郎だな。処で観音一家には仙太ってのがいるな……」

勇次は尋ねた。

「仙太……」

梅吉は眉をひそめた。

「ああ。仙太だ」

「いますが、仙太が何かしましたか……」

梅吉は、勇次に怪訝な眼を向けた。

「今日は何をしているんだ」

勇次は、梅吉の質問を無視した。

「さあ、昨日から姿を見掛けませんがね」

梅吉は、嘲りを浮かべた。

「仙太、どうかしたのかな……」

勇次は、微かな戸惑いを覚えた。

「知りませんよ」

梅吉は、鼻の先でせせら笑った。

「仙太が嫌いなのか……」

清吉は、不意にそう思った。

「ええ。なんか、信用出来ねえ野郎でしてね」

「そうか……」

「それより親分さん、唐獅子の兄貴、どうかしたんですかい」

「ああ。昨日、大川に土左衛門であがったよ」

「土左衛門で……」

梅吉は驚いた。

「知らなかったのか……」

「はい。そりゃあもう……」

「貸元の観音の鉄五郎もか……」

「き、きっと……」

梅吉は、驚きに喉を引き攣らせて頷いた。

「だったら梅吉、唐獅子の寛平が土左衛門であがった事は観音一家の連中には内緒だぜ」

「えっ……」

「下手な真似をしたり、喋ったりしたら次はお前が殺されるかもしれない……」

勇次は脅し、口止めをした。

「へ、へい……」

梅吉は、恐ろしげに身震いをしながら何度も頷いた。

だが、信用は出来ない……。

唐獅子の寛平の死は、おそらく今日中に観音一家の者たちに知れ渡る筈だ。

知れ渡るのは、勇次たち下っ引の動きもだ。

そして、動く奴は動く……。

勇次は、腹の内で笑った。

「処で梅吉、仙太の野郎、塒《ねぐら》は何処だ……」

清吉は尋ねた。

浜町堀、富沢町の大工『大七』の普請場では、伊吉たち三人の大工が威勢良く働いていた。

伊吉は、今朝早く鎌倉河岸の甚兵衛長屋から真っ直ぐ富沢町の普請場にやって来た。

雲海坊は、甚兵衛長屋から普請場に来るのを見届け、見守っていた。

伊吉は、兄貴分の大工たちと息を合わせて材木を組み、労を惜しまず働いていた。

中々のもんだ……。

雲海坊の見た限り、伊吉は腕の良い大工だと云えた。

伊吉は、此処で夕暮れ時迄仕事をする。

雲海坊は見定め、伊吉の暮らす鎌倉河岸の甚兵衛長屋に戻る事にした。


幸吉、由松、新八は、浅草今戸町の隅田川沿いを調べ、博奕打ちの唐獅子の寛平が突き落とされた場所の割出しを急いだ。だが、それらしい場所は突き止められなかった。

幸吉は、由松と新八を伴って勇次と清吉の見張っている観音一家に向かった。

三下の梅吉は、新鳥越町の観音一家に戻った。

勇次と清吉は見届けた。

「梅吉の野郎、本当に黙っていられますかね」

清吉は眉をひそめた。

「黙っているのは最初だけだ。必ず喋るさ」

勇次は読んだ。

「良いんですか……」

「ああ。そして、俺たちが探索を進めていると知り、妙な動きをする奴が出て来ると良いんだがな」

勇次は笑った。

「そうか……」

清吉は、勇次の狙いに気が付いた。

「勇次、清吉……」

幸吉が、由松や新八とやって来た。

「親分……」

「どうだ。何か分かったか……」

幸吉は、観音一家を一瞥した。

「ええ。さっき、梅吉って三下をちょいと締め上げたんですがね。仏の唐獅子の寛平、良い歳をして粋がる馬鹿な乱暴者で、弱い者や目下の者を甚振《いたぶ》り、恨んでいる者は大勢いるそうです」

「良い歳をした苛めっ子か……」

幸吉は呆れた。

「ええ。それで、梅吉に唐獅子の寛平が殺されたと教えましたよ」

「観音一家を見る限り、知っている風には見えないがな……」

「勿体振《もったいぶ》って口止めしましたからね。寛平が殺されて町奉行所が探索していると知るのは、もう少し経ってからでしょう」

「そして、誰かが動くかもしれないか……」

幸吉は読んだ。

「はい……」

勇次は笑った。

「よし、不審な動きをする奴を見逃すな」

幸吉は、勇次に命じた。

「はい……」

「親分……」

「どうした清吉……」

「観音一家には仙太って三下がいるんですが、此の処、顔を見せていないそうです。ちょいと調べて良いですか……」

「三下の仙太……」

幸吉は眉をひそめた。

「はい……」

清吉は頷いた。

「親分、仙太って云うのは、清吉の幼馴染でしてね。子供の頃、清吉と同じように伊吉に苛められていた奴なんですよ」

勇次は、清吉に代わって説明した。

「伊吉に苛められた餓鬼が、今は観音一家の三下か……」

幸吉は、厳しさを過ぎらせた。

「はい……」

「よし。清吉、やってみな……」

幸吉は許した。

「はい……」

清吉は頷いた。

「勇次、由松、新八と此処を頼む。俺は笹舟に戻るぜ」

幸吉は告げた。

鎌倉河岸、甚兵衛長屋には赤ん坊の泣き声が響いていた。

雲海坊は、井戸端で洗い物をしていたおかみさんに唐獅子の半纏を着た男が殺された夜、伊吉が家にいたかどうか尋ねた。

「ええ。伊吉さんなら、その日の夕暮れ時に帰って来て、御飯を炊いて味噌汁を作っていましたよ」

おかみさんは、何の躊躇いもなく笑顔で答えた。

「へえ。仕事から帰って来て飯を炊くなんて、若いのに偉いな……」

雲海坊は感心した。

「そりゃあもう、長屋のみんなから頼まれる大工仕事を嫌な顔もせずにやってくれますしね。ですから、あの夜は私が煮物の残りをあげたんですよ……」

「それはそれは。じゃあ、それから伊吉はずっと家に……」

「いたと思いますよ。ま、出掛けたとしても、きっと湯屋に行ったぐらいですよ」

「湯屋は、此の先の桜湯かな……」

「ええ……」

おかみさんは頷いた。

伊吉は、甚兵衛長屋で真面目に暮らし、長屋の住人に頼まれた大工仕事を嫌な顔もせずにしていた。

苛めっ子だった事を感じさせない程、評判は上々だった。

子供の頃、情夫と駆落ちした母親に棄てられた辛さと厳しさが、伊吉の人柄を変えたのかもしれない。

雲海坊は読んだ。


下谷山伏町は、東叡山寛永寺《とうえいざんかんえいじ》と金龍山浅草寺を結ぶ通りの途中にある小さな町だ。

清吉は、観音一家の三下の梅吉に聞いた下谷山伏町にある荒物屋を訪れた。

観音一家の三下の仙太は、荒物屋の家作を借りて暮らしていた。

「仙太にならば裏の家を貸しているけど……」

荒物屋の老婆は、胡散《うさん》臭そうに清吉を見た。

「今、いますかね……」

「さあ、博奕打ちの三下だからね。何をしているのか。ま、行ってみるんだね」

老婆は、仙太に関心がないようだった。

清吉は、荒物屋の裏手に廻った。


荒物屋の裏手には小さな庭があり、隅に納屋を改築した家作があった。

清吉は、家作の板戸を叩いた。

家作の中から返事はなかった。

「仙太……」

清吉は、尚も板戸を叩いた。

返事はやはりなかった。

いないのか……。

清吉は、家作の板戸を僅かに開けた。

家作の中は薄暗く、人の気配はなかった。

清吉は、板戸を開けて薄暗い家作の中に入った。

薄暗い家作の中は狭く、五畳程の板の間と竈《かまど》や水桶《みずおけ》を置いた土間があった。板の間には、粗末な蒲団が敷かれたままになっており、隅に行李《こうり》と僅かな食器や一升徳利などがあった。

清吉は、敷かれたままの粗末な蒲団を検めた。

蒲団には血が滲んでいた。

血……。

清吉は眉をひそめた。

仙太は怪我をしているのか……。

清吉は、狭い家作の中を検め、竈を覗いた。

竈の中には、血に染まった手拭や晒《さら》しがあった。

かなりの量の血だ……。

清吉は戸惑った。

仙太は、どうして怪我をしたのか……。

そして、今は何処にいるのか……。

清吉は、そうした事に拘る物がないか狭い家作の中を探した。だが、仙太が怪我をした理由や何処にいるかを教えてくれるような物は何もなかった。

仙太は、唐獅子の寛平殺しに拘って怪我をしたのかもしれない。

清吉は、下谷山伏町の木戸番屋に走った。


柳橋の船宿『笹舟』の女将のお糸は、船遊びに出掛ける客を見送っていた。

中年の男が、船宿『笹舟』にやって来た。

「御免なすって……」

中年男は、船宿『笹舟』を覗いた。

「あら、何か御用ですか……」

お糸は、中年男に声を掛けた。

「あっ、笹舟の女将さんですか……」

「ええ、そうですが……」

「あっしは、下谷山伏町の木戸番ですが、柳橋の親分さんはおいでになりますか
……」

「やあ、あっしが柳橋の幸吉だが……」

幸吉は、船宿『笹舟』の土間に降り、大囲炉裏の床几《しょうぎ》に腰掛けて茶を飲んでい

る木戸番に声を掛けた。

「へい。清吉さんから言付かって参りました……」

木戸番は立ち上がった。

「そいつは造作を掛けるね……」

「いえ。で、言付けは、仙太は怪我をして行方知れずだと……」

「怪我をして行方知れず……」

幸吉は眉をひそめた。

四

下谷山伏町の荒物屋は、店先に古くなった笊《ざる》や冷飯草履など吊り下げ、埃《ほこり》を被った安物の鍋釜などを売っていた。

店に客は滅多に訪れず、主の老婆は帳場に座って居眠りをしていた。

幸吉は、山伏町の木戸番に誘われて荒物屋の裏に廻った。

「親分……」

清吉は、家作に入って来た幸吉を見て微かな安堵を過ぎらせた。

「おう。御苦労だな……」

幸吉は、笑顔で労った。

「いえ。見て下さい……」

清吉は、板の間の血の付いた蒲団と、竈の中の血塗れの手拭や晒しを示した。

幸吉は、厳しい面持ちで血に汚れた蒲団や手拭を検めた。

「かなりの怪我のようだな……」

幸吉は眉をひそめた。

「はい……」

清吉は、喉を鳴らして頷いた。

「乾き具合からみると、三日ぐらい前の血だな……」

幸吉は読んだ。

「でしたら、唐獅子の寛平殺しと拘りが……」

清吉は、幸吉を見詰めた。

「ああ。ありそうだな……」

幸吉は頷いた。

「やっぱり……」

清吉は眉をひそめた。

「で、清吉、仙太の行方は分からないのか……」

「はい。大家の荒物屋の婆さんも知らないそうです」

「そうか。観音一家を見る限り、博奕打ちたちは仙太の事を知らないようだな」

幸吉は、観音一家の様子を思い浮かべた。

「はい。親分、仙太、ひょっとしたらもう何処かで死んでいるのかもしれませんね」

清吉は、微かに声を震わせた。

「清吉、そいつは未だだぜ」

幸吉は苦笑した。

何《いず》れにしろ、観音一家の三下の仙太は、博奕打ちの唐獅子の寛平の死に拘りがある。

幸吉は睨んだ。

新鳥越町の観音一家は、博奕打ちや三下が忙しく出入りし始めた。

「どうやら、唐獅子の寛平が死んだのに気が付いたようですね」

新八は、観音一家を見詰めた。

「ああ。博奕打ちたちがどうするかだ……」

勇次は読んだ。

「唐獅子の寛平の奴が隅田川に落ちた夜、何処で何をしていたか、知っている野郎がいりゃあ良いんだがな……」

由松は眉をひそめた。

三下の梅吉が、二人の博奕打ちと一緒に観音一家から出て来た。

「三下の梅吉だ……」

勇次は眉をひそめた。

三下の梅吉は、二人の博奕打ちと足早に浅草寺の方に向かった。

「勇次、俺が追うよ」

由松は告げた。

「お願いします。由松さん……」

「任せておきな……」

由松は、軽い足取りで梅吉と二人の博奕打ちを追って行った。

勇次と新八は、観音一家を見張り続けた。

観音一家は、開け放っていた障子を閉めた。

三下の梅吉と二人の博奕打ちは、山谷堀を越えて浅草寺の裏手から下谷に向かった。

由松は、充分に距離を取って追った。

梅吉と二人の博奕打ちは、下谷山伏町に進んだ。

由松は尾行た。

三下の梅吉と二人の博奕打ちは、婆さんが居眠りをしながら店番をしている荒物屋の裏に廻った。

裏には小さな庭と家作があった。

梅吉と二人の博奕打ちは、家作に入って行った。

清吉が現れ、緊張した面持ちで梅吉たちの入った家作を窺った。

「清吉……」

由松が物陰から呼んだ。

「由松さん……」

清吉は、微かな安堵を浮かべて物陰の由松に駆け寄った。

「仙太の家か……」

由松は、家作を示した。

「はい。あいつら……」

「唐獅子の寛平が殺されたと知って、仙太の家に来た……」

「じゃあ、仙太が唐獅子の寛平を……」

「観音一家の連中はそう思っているようだな」

由松は睨んだ。

「由松さん、仙太は大怪我をしています」

「大怪我……」

由松は眉をひそめた。

「はい。それで親分に報せて。で、親分は此処を見張っていろと……」

「親分はどうした」

「神崎の旦那の処に……」

「そうか。清吉……」

由松は、清吉を物陰に引き込んだ。

梅吉と二人の博奕打ちが、家作から出て来て東叡山寛永寺に向かった。

「清吉、奴らも仙太を捜している。追うぜ」

「はい……」

由松は、清吉を伴って梅吉と二人の博奕打ちを追った。


浜町堀、富沢町の大工『大七』の普請場の作業は続いていた。

雲海坊は、鎌倉河岸の甚兵衛長屋の聞き込みから戻った。

伊吉の評判は何処で聞いても良く、唐獅子の寛平が死んだ夜、甚兵衛長屋にいたのは確かだった。

雲海坊は、普請場で働いている大工が二人なのに気が付いた。

伊吉がいない……。

雲海坊は戸惑い、働いている二人の大工に伊吉がどうしたのか尋ねた。

「ああ。伊吉なら幼馴染が来ましてね。早仕舞いしましたよ」

大工の一人が告げた。

「幼馴染……」

「ええ。顔色が悪く、ふらついていて、身体の具合が悪そうでしてね……」

「それで伊吉が医者に連れて行ってやりたいと云いましてね。早仕舞いさせたんですよ」

大工たちは、伊吉の早仕舞いの理由を説明した。

「そうでしたか。いや、仕事の手を止めさせて申し訳なかったね」

雲海坊は、二人の大工に手を合わせて頭を下げた。


「じゃあ、博奕打ちの唐獅子の寛平は、三下の仙太と揉めたかもしれないか……」

和馬は眉をひそめた。

「ええ。そして、仙太は大怪我をし、寛平は頭を殴られて隅田川に落ち、溺れ死んだ……」

幸吉は睨んだ。

「成る程、じゃあ唐獅子の寛平を殺したのは、清吉の幼馴染の三下の仙太か……」

和馬は読んだ。

「はい。揉めた理由は未だ分りませんがね」

幸吉は頷いた。

「うむ。で、柳橋の。此の事を観音一家の貸元、鉄五郎が知ったらどうなる……」

「きっと仙太を始末し、観音一家として博奕打ちのけじめを付けるでしょう」

「よし、じゃあ柳橋の、観音一家の博奕打ちより先に仙太を見付けよう」

「心得ました……」

幸吉は頷いた。

和馬と幸吉は、久蔵に事の次第を報せて浅草に急いだ。


入谷鬼子母神の境内では、子供たちが賑やかに遊んでいた。

三下の梅吉と二人の博奕打ちは、入谷鬼子母神の境内や周辺に仙太を捜した。

由松と清吉は、梅吉と二人の博奕打ちを見守った。

「あいつら、仙太が生まれ育った入谷の何処かに隠れていると思っていやがる」

清吉は眉をひそめた。

「仙太、両親はいるのか……」

由松は尋ねた。

「いいえ。お父っつぁんもおっ母さんもとっくに亡くなり、実家もありませんよ」

「清吉、お前は……」

「あっしも伊吉も、もう親はいませんよ」

「そうか……」

「此の辺りで遊んでいた時は、みんなの親も達者だったんですがね……」

清吉は、鬼子母神の境内で遊ぶ子供たちを懐かしそうに眺めた。

三下の梅吉と二人の博奕打ちは、入谷の町に仙太を捜し歩いた。


伊吉は、身体の具合の悪い幼馴染を医者に連れて行った筈だ。

雲海坊は、浜町堀は富沢町の町医者を訪ね、伊吉を捜した。

「ああ。若い大工と一緒の患者なら来たよ」

四軒目の医者は頷いた。

「そうですか。で、一緒に来た患者は何処が悪いんですか……」

「それが、腹を刺されていてね……」

「腹を刺されていた……」

雲海坊は眉をひそめた。

「うむ。ま、傷は浅手だが、手当てが遅くなって随分と血が流れたようだ」

「して命は……」

「ま、大丈夫だとは思うが……」

町医者は眉を曇らせた。

「危ないのですか……」

「手遅れ寸前だったからね……」

「その患者の名前、分かりますかな」

「確か連れて来た若い大工が、しっかりしろ仙太と云っていたかな……」

「仙太……」

伊吉は、幼馴染の仙太を助けようとしている……。

雲海坊は知った。


三下の梅吉と二人の博奕打ちは、入谷鬼子母神脇の古長屋に住んでいる初老の風車売りに聞き込みを掛けた。

「ああ。仙太なら見掛けましたぜ」

「いつ、何処で……」

梅吉は、思わず身を乗り出した。

「さっき、帰って来る途中、日本橋の通りで、伊吉と一緒でしたよ」

「伊吉……」

「ええ、仙太の餓鬼の頃からの遊び仲間だよ」

「その伊吉、家は何処かな……」

「確か鎌倉河岸の甚兵衛長屋だと聞いた覚えがあるけど……」

「鎌倉河岸の甚兵衛長屋……」

梅吉と二人の博奕打ちは、思わず顔を見合わせた。

由松と清吉は、初老の風車売りに聞き込みを掛ける梅吉と二人の博奕打ちを見守った。

「風車売りの父っつぁん、仙太の事を知っているのか……」

「ええ。伊吉や俺の事も……」

清吉は頷いた。

三下の梅吉が、浅草に向かって駆け出した。

二人の博奕打ちは見送り、下谷広小路に向かった。

「どうします」

「博奕打ちたちを追うよ……」

由松と清吉は、二人の博奕打ちを追った。

伊吉は、怪我をしている幼馴染の仙太を自分の家に連れて行く……。

雲海坊は、そう睨んで鎌倉河岸の甚兵衛長屋に急いだ。

「おう。雲海坊じゃあないか……」

幸吉と和馬が室町からやって来た。

「親分、和馬の旦那……」

雲海坊は、思わず笑みを浮かべた。

「どうした……」

幸吉は眉をひそめた。

「勇次の兄貴……」

新八は、駆け寄って来る梅吉を示した。

梅吉は、観音一家に駆け込んだ。

「何かあったんですかね……」

「おそらく、仙太を見付けたんだろう」

勇次は眉をひそめた。

僅かな刻が過ぎ、三下の梅吉が二人の浪人と出て来て浅草寺に向かった。

「よし。追うぜ……」

勇次と新八は、三下の梅吉と二人の浪人を追った。


鎌倉河岸には風が吹き抜け、幾筋もの小波《さざなみ》が走っていた。

二人の博奕打ちは、道を尋ねながら甚兵衛長屋に辿り着いた。

由松と清吉は見届けた。

「由松さん、甚兵衛長屋は伊吉の暮らしている長屋です」

「じゃあ、仙太、伊吉の処にいるのか……」

「きっと……」

清吉は、固い面持ちで頷いた。

二人の博奕打ちは、甚兵衛長屋の木戸の陰から様子を窺った。

「野郎、何を企《たくら》んでいるのか……」

由松は、薄く笑って両手に角手を嵌めた。

清吉は、喉を鳴らして鼻捻を握り締めた。

「由松、清吉……」

雲海坊が、幸吉と和馬を誘って来た。

「雲海坊の兄貴。親分、旦那……」

由松は迎えた。

「観音一家の博奕打ちか……」

幸吉は、木戸の陰にいる二人の博奕打ちを示した。

「ええ……」

「って事は、伊吉の処に仙太がいるのか……」

雲海坊は読んだ。

「きっと……」

「和馬の旦那……」

「よし。柳橋の、仙太を押さえてくれ。俺は二人の博奕打ちをお縄にする」

「はい。雲海坊、由松、和馬の旦那のお手伝いをな。清吉、俺と一緒に来い」

幸吉は手筈を決めた。

「承知……」

雲海坊、由松、清吉は頷いた。

「じゃあ、和馬の旦那……」

「うん……」

和馬は頷いた。

幸吉は、清吉を従えて伊吉の家に向かった。

二人の博奕打ちは驚き、慌てて木戸の陰から出た。

「待ちな……」

和馬が、雲海坊、由松と二人の博奕打ちの前に立ちはだかった。

二人の博奕打ちは怯《ひる》んだ。

「観音一家の者だな。貸元の鉄五郎に命じられて仙太を始末しに来たか……」

和馬は笑い掛けた。

「だ、旦那……」

「大番屋に来て貰うぜ」

「冗談じゃあねえ」

博奕打ちの一人が逃げた。

「馬鹿野郎……」

雲海坊は、逃げた博奕打ちの向う臑《ずね》を錫杖で打ち払った。

博奕打ちは倒れ、向う脛を抱えて号泣した。

残る博奕打ちが、由松を突き飛ばして逃げようとした。

由松は、残る博奕打ちの伸ばした腕の手首を摑んだ。

角手の爪が手首に突き刺さった。

残る博奕打ちは、悲鳴を上げて身を捩《よじ》った。

由松は、身を捩った博奕打ちをそのまま捻じ伏せた。

「雲海坊、由松、大番屋に引き立てろ……」

和馬は命じた。


幸吉は、伊吉の家の腰高障子を開けた。

狭い家の中には、伊吉が蒲団に横たわった仙太を庇《かば》うように身構えていた。

「大工大七の伊吉だね……」

幸吉は笑い掛けた。

「は、はい……」

「伊吉、仙太。此方は岡っ引の柳橋の幸吉親分だ……」

清吉が進み出た。

「清吉……」

伊吉と仙太は、清吉を見詰めた。

「仙太、観音一家の博奕打ち共がお前の命を狙っているぜ」

幸吉は告げた。

仙太は、恐怖に震えた。

「仙太、お前、あの夜、博奕打ちの唐獅子の寛平と揉めたな……」

幸吉は問い質《ただ》した。

「はい……」

仙太は、事の次第を認めて項垂れた。

「仙太、どうして寛平と揉めたんだ」

清吉は問い質した。

「清吉、仙太は苛められていたんだ……」

伊吉は告げた。

「苛められていた……」

「ああ。仙太は、寛平に何だかんだと苛められていたんだ……」

「俺、勘弁してくれと頼んだんだ。そうしたら寛平の兄貴、勘弁して欲しかったら勝負しろと笑いながら匕首を抜いて、俺をからかって。それで揉み合いになり、俺は腹を刺されて、俺、本当に殺されるかと思って……」

仙太は、激しく声を震わせた。

「咄嗟にその辺にあった石か棒で寛平の頭を殴ったか……」

幸吉は読んだ。

仙太は、喉を鳴らして頷いた。

「そうしたら、寛平はよろめいて隅田川に落ちた。そうだな……」

幸吉は、仙太に念を押した。

「はい……」

「そして、寛平は溺れて土左衛門になった」

幸吉は睨んだ。

仙太は啜り泣いた。

「仙太……」

清吉と伊吉は、啜り泣く仙太を見詰めた。

博奕打ち唐獅子の寛平は、仙太をからかい苛めた挙げ句に死んだ。

和馬が、開け放たれた腰高障子の傍に佇んでいた。

「和馬の旦那……」

「柳橋の、聞かせて貰ったぜ」

和馬は微笑んだ。


梅吉と二人の浪人は、甚兵衛長屋の木戸を潜った。

見張っている筈の二人の博奕打ちはいなかった。

「あれ……」

梅吉は戸惑った。

「貸元の観音の鉄五郎、御丁寧に後詰《ごづめ》を寄越したか……」

和馬と幸吉が、伊吉の家から出て来た。

梅吉と二人の浪人は、慌てて身を翻した。

勇次と新八が、追って木戸に現れた。

梅吉と二人の浪人は、挟まれて立ち竦《すく》んだ。

「梅吉、下手な真似はするなと云った筈だぜ」

勇次は笑った。

「へ、へい……」

梅吉は、腰から崩れ落ちた。

「おのれ……」

二人の浪人は、刀を抜き放った。

「馬鹿野郎……」

和馬は、十手を翳《かざ》して二人の浪人に襲い掛かった。

幸吉、勇次、新八が続いた。

夕暮れ前。

久蔵は、和馬たちを率いて新鳥越町の観音一家に踏み込んだ。

博奕打ちたちは、貸元の鉄五郎を護って激しく抗った。

久蔵と和馬に容赦はなかった。

抗う博奕打ちたちを、次々に鋭く打ちのめしていった。

捕り方たちは、打ちのめされた博奕打ちに殺到して縄を打った。

久蔵は、観音の鉄五郎を仙太殺しを命じた罪で捕らえた。

久蔵は、観音の鉄五郎を死罪に処した。

そして、仙太が唐獅子の寛平を殴ったのは、苛められて殺されそうになり、咄嗟に己の身を護ろうとした挙げ句の犯行と認めた。

苛めか……。

久蔵は、傷の癒《い》えた仙太を遠島《えんとう》の刑にした。


生きてさえいれば、又逢える日もある……。

清吉と伊吉は、永代橋から仙太の乗る流人《るにん》船を見送った。

「伊吉、お前、どうして大川に突き落とした仙太を助けたんだ……」

清吉は尋ねた。

「仙太を博奕打ちの三下にしたのは、餓鬼の頃に苛めた俺だ。だから……」

伊吉は己を責めた。

「伊吉、仙太と同じようにお前に苛められた俺は、蕎麦職人の見習で岡っ引の手先として働いている……」

「清吉……」

伊吉は、清吉を見詰めた。

「伊吉、仙太がこうなったのは、餓鬼の頃、お前に苛められたからだけじゃあねえ……」

清吉は、伊吉を見返した。

「忝ねえ……」

伊吉は、清吉に頭を下げた。

「馬鹿、水臭い真似すんな……」

清吉は笑った。


「幼馴染か……」

久蔵は、用部屋の庭の木洩れ日を眺めた。

「ええ。苛めたり、苛められたり……」

和馬は眉をひそめた。

「良い思い出があれば、悪い思い出もありますか……」

幸吉は続けた。

「ま、そいつが幼馴染って奴だな……」

久蔵は苦笑した。

木洩れ日は、大きく揺れて眩しく煌めいた。

第四話

新参者

一

神田川は月明かりに輝いていた。
淡路坂に提灯の明かりが浮かんだ。
初老の武士は、小者の持つ提灯に足元を照らされて淡路坂を降りて来た。
淡路坂の下の神田八ツ小路は暗く、行き交う人はいない。
淡路坂を降りた初老の武士と小者は、神田川に架かっている昌平橋に向かった。
昌平橋の袂の闇が揺れた。
初老の武士は、昌平橋に進む小者を制した。
刹那、昌平橋の袂の闇から覆面をした武士が現れ、初老の武士に鋭く斬り掛かった。
初老の武士は咄嗟に躱した。
だが、左の二の腕を斬られ、血が飛んだ。
「近藤《こんどう》さま……」
小者は、恐怖に声を引き攣らせた。
「に、逃げろ、竹松《たけまつ》……」
近藤と呼ばれた初老の武士は、小者の竹松に命じた。
小者の竹松は、弾《はじ》かれたように逃げた。
覆面の武士は地を蹴り、竹松に追い縋《すが》って袈裟懸けの一刀を放った。
竹松は大きく仰《の》け反《ぞ》り、血を振り撒いて斃《たお》れた。
提灯が落ちて燃え上がった。
「おのれ、黒崎《くろさき》の手の者か……」
近藤は、怒りを露《あら》わにして覆面の武士に斬り掛かった。
覆面の武士は踏み込み、刀を横薙《よこな》ぎに一閃《いっせん》しながら近藤と交錯した。
近藤は、腹を斬られて前のめりに斃れた。
覆面の武士は、近藤の死を見定めて手を合わせ、足早にその場から立ち去った。

提灯は燃え尽きた。


南町奉行所吟味方与力秋山久蔵は、太市を供に出仕した。

太市は、用部屋に入った久蔵の身の廻りの世話をし、落ち着いたのを見届けて八丁堀岡崎町の屋敷に帰った。

久蔵は、廻って来た書類に眼を通し始めた。

「おはようございます。秋山さま……」

定町廻り同心の神崎和馬がやって来た。

「おう。どうした。見廻りじゃあねえのか」

久蔵は、和馬を怪訝な面持ちで一瞥した。

「そいつが今朝早く、昌平橋の袂で筑後国柳河藩《やながわはん》の家来と小者の斬殺死体が見付かりましてね……」

和馬は報せた。

「柳河藩の家来と小者か……」

「はい。家来は横薙ぎ、小者は袈裟懸け、それぞれ一太刀で斬り棄てられていました」

「それぞれ一太刀……」

久蔵は眉をひそめた。

一太刀で人の命を絶つのは、かなりの剣の遣い手と云える。

「はい。それで柳橋が二人の死体を検め、探索を始めようとした処、柳河藩の者たちが駆け付け、大名家は町奉行所の支配は受けぬと、家来と小者の死体を早々に引き取ったそうにございます」

「ならば探索は……」

「控えております……」

大名家は大目付の支配監察下にあり、町奉行所の探索は及ばない。

「だが、町方の地で起きた人殺しで、辻斬りか辻強盗かもしれねえ……」

久蔵は苦笑した。

「はい。ならば……」

和馬は、嬉しげな笑みを浮かべた。

「うむ。遠慮は無用だ。探索を進めろ。必要なら俺も出張るぜ……」

久蔵は、不敵に云い放った。

柳橋の船宿『笹舟』は、大川からの風に暖簾を揺らしていた。

「そうですか、秋山さまのお許しが出ましたか……」

柳橋の幸吉は微笑んだ。

「うむ。で、柳橋の、斬られた柳河藩の家来と小者の名は分かっているのか……」

「はい。家来は柳河藩お納戸役の近藤主膳《しゆぜん》さま、小者は竹松さん……」

「財布などの懐の物は……」

「近藤さまの二両三分入《い》りの財布が手付かずで……」

幸吉は、勇次と逸早く昌平橋の袂に駆け付け、近藤主膳と小者の竹松の死体や持ち物を検めていた。

「って事は、物盗りの仕業じゃあないか……」

「ええ。残るは辻斬り、遺恨、喧嘩……」

幸吉は読んだ。

「ま、喧嘩はないだろうな」

「はい。他には誰かに頼まれての刺客……」

「うむ。辻斬り以外は、斬られた近藤さんの身辺を調べる必要があるな」

和馬は読んだ。

「はい。近藤主膳さまの人柄と評判は、勇次と雲海坊や新八が……」

「秘かに調べているか……」

和馬は苦笑した。

「ええ。殺された近藤主膳さまは筑後国柳河藩江戸上屋敷内にお住まいです」

「柳河藩江戸上屋敷は浅草三味線堀の近くだったな……」

「はい。行ってみますか……」

浅草柳橋から三味線堀迄は遠くはない……。

幸吉は、和馬を誘った。


幸吉と和馬は、元鳥越町を抜けて三味線堀に出た。

三味線堀の向い側に出羽国久保田藩江戸上屋敷があり、その北隣に筑後国柳河藩江戸上屋敷があった。

幸吉と和馬は、三味線堀の脇を北に抜けて下谷華蔵院《けぞういん》門前町の茶店に向かった。

茶店は柳河藩江戸上屋敷の並びにあり、墓に供える線香や仏花も売っていた。

幸吉と和馬は、茶店の縁台に腰掛けて茶を頼み、柳河藩江戸上屋敷の門前を眺めた。

勇次が現れ、茶店の老亭主に茶を注文して縁台に腰掛けた。

「親分、和馬の旦那……」

勇次は、幸吉と和馬の言葉を待った。

「秋山さまのお許しが出たぜ……」

和馬は報せた。

「そいつは良かった……」

勇次は笑った。

「で、何か分かったかい……」

幸吉は尋ねた。

「はい。殺された小者の竹松さんの仲間に訊いたんですがね。昨夜、近藤主膳さまは竹松さんをお供に、淡路坂は太田姫稲荷の前に住む旗本の黒崎織部《おりべ》さまのお屋敷に行ったそうです」

勇次は告げた。

「太田姫稲荷の前に屋敷のある旗本の黒崎織部さまか……」

和馬は眉をひそめた。

「はい。で、その帰りに昌平橋の袂で襲われたものかと……」

勇次は読んだ。

「うむ……」

和馬は頷いた。

「勇次、近藤さま、黒崎さまの屋敷には何をしに行ったのかな」

幸吉は訊いた。

「さあ、そこ迄は……」

勇次は首を捻った。

「勇次、近藤さんはお納戸役だったな」

納戸役とは、主の金や衣服や調度の管理をする役目だ。

「はい。落ち着いた穏やかな人柄で、配下や小者たちにも分け隔てなく声を掛ける方だそうです」

「ならば、恨みを買うような人柄じゃあないか……」

和馬は読んだ。

「はい……」

勇次は頷いた。

「よし。柳橋の、こうなると淡路坂の黒崎織部さまだな……」

「はい……」

「黒崎織部さまのお屋敷には、雲海坊の兄貴が行きました」

「そうか。よし、勇次、新八と此のまま柳河藩江戸上屋敷を見張り、家来たちに妙な動きがないかをな……」

幸吉は、柳河藩の者たちが近藤主膳を斬殺した者を割出して動くのを警戒した。

「承知しました」

勇次は頷いた。

「俺は和馬の旦那と、淡路坂の黒崎織部さまの屋敷に行ってみるぜ」

幸吉と和馬は、神田川に向かった。

淡路坂は神田川沿いにある。

和馬と幸吉は、神田川に架かっている昌平橋を渡った。

「此処ですぜ……」

幸吉は、近藤主膳と小者の竹松が斃れていた昌平橋の袂を示した。

「此処か……」

和馬は、眉をひそめて見廻した。

辺りは既に掃き清められ、土が撒かれて血の痕などは消えていた。

「辺りは調べたんですがね。殺しに拘るような物は、何も残されていませんでしたぜ」

「そうか……」


和馬と幸吉は、昌平橋の袂から淡路坂を上がった。

淡路坂は北に神田川、南に駿河台《するがだい》の旗本屋敷が連なっている。そして、上がった処の北側に太田姫稲荷があり、何本もの赤い幟旗《のぼり》を微風に翻していた。

幸吉と和馬は、太田姫稲荷の前に佇んで連なる旗本屋敷を眺めた。

饅頭笠を被った雲海坊が、錫杖を突きながらやって来た。

「和馬の旦那、親分……」

雲海坊は会釈をした。

「おう。どうだ……」

「黒崎織部さま、二千石の小普請組でいろいろ噂があるそうですぜ」

雲海坊は、太田姫稲荷の斜向いにある旗本屋敷を示した。

黒崎屋敷は表門を閉め、出入りする者はいなかった。

「いろいろ噂があるか……」

「ええ。厳格な家風で、家来や奉公人に厳しく、情を交わした若い家来と女中をお家の御法度《はっと》を破ったと、手討にしたとか……」

雲海坊は、眉をひそめて手を合わせた。

「今時、お家の御法度とはな……」

和馬は呆れた。

「ええ。雲海坊、他には……」

「黒崎織部さまは、書画骨董の類《たぐい》には眼のない好事家《こうずか》だそうでしてね。安く手に入れる為には、脅したり賺したり、いろいろ手練手管《てれんてくだ》を使うそうですよ」

雲海坊は苦笑した。

「脅したり賺したり、いろいろ手練手管を使うか……」

幸吉は眉をひそめた。

「厳格な家風には似合わない所業だぜ」

「ええ……」

幸吉は頷いた。

「都合の良い家風かもな……」

和馬は苦笑した。

「和馬の旦那、親分……」

雲海坊が黒崎屋敷を示した。

若い武士が、黒崎屋敷の潜り戸から中間と一緒に出て来た。

「お気を付けて……」

「うん。じゃあ……」

若い武士は、中間に見送られて淡路坂を下り始めた。

「追ってみるか……」

和馬は、幸吉に訊いた。

「はい。雲海坊、昨夜、斬られた柳河藩納戸役近藤主膳さま、何の用があって黒崎屋敷に来たのかをな……」

幸吉は、雲海坊に命じた。

「承知……」

雲海坊は頷いた。

和馬と幸吉は、若い武士を追って淡路坂を下った。

神田八ツ小路には、多くの人が行き交っていた。

若い武士は、落ち着いた足取りで淡路坂を降りた。

足取りに隙《すき》はない……。

和馬は、若い武士がかなりの剣の遣い手だと睨んだ。

若い武士は、淡路坂を降りて昌平橋に向かった。

和馬と幸吉は追った。

若い武士は、昌平橋の袂を一瞥して足早に通り過ぎた。

「和馬の旦那……」

幸吉は、微かな戸惑いを覚えた。

「どうした……」

「いえ。何か妙な感じが……」

幸吉は眉をひそめた。

「妙な感じ……」

和馬は、戸惑いを浮かべた。

「ええ。何かは、はっきりしないんですがね」

幸吉は首を捻った。

「柳橋の……」

和馬は、昌平橋を渡った処で振り返っている若い武士を示した。

尾行は気付かれていた……。

和馬は苦笑し、昌平橋を渡って若い武士の許に進んだ。

幸吉は続いた。


「私に何か御用ですか……」

若い武士は、厳しい面持ちで和馬と幸吉を見据えた。

「え、ええ。私は南町奉行所定町廻り同心の神崎和馬。こっちは岡っ引の柳橋の幸吉。おぬしは……」

和馬は笑い掛けた。

「旗本黒崎織部さま家中の北島隼人《きたじまはやと》。で……」

北島隼人は、和馬を促した。

「それなのだが、昨夜、柳河藩家中の近藤主膳さんが、昌平橋の南の橋詰でお供と一緒に何者かに殺害されたのは、御存知ですな」

和馬は見据えた。

「はい……」

北島隼人は頷いた。

「我々の調べでは、近藤さんはおぬしが奉公している黒崎屋敷を訪れ、その帰りに何者かに斬り棄てられたと……」

和馬は、北島隼人の反応を窺った。

「左様ですか……」

北島隼人は、大した反応を見せなかった。

「黒崎屋敷を訪れた時、近藤さんに何か変わった様子はなかったかな……」

「別に何も……」

「ならば、近藤さんは何用あって黒崎さまのお屋敷を訪れたのですか……」

和馬は尋ねた。

「さあ、近藤さまは我が主に御用があってお見えになりましてね。私は詳しい事は存じません……」

北島隼人は突き放した。

「じゃあ、黒崎さまと近藤さん、どのような拘りだったのですかな……」

「どのような拘りとは……」

「例えば碁敵《ごがたき》、将棋仲間、飲み友達、それとも柳河藩納戸役としての拘り……」

「それなら、柳河藩納戸役として我が主を訪れたものと……」

「ほう。近藤さんは、柳河藩納戸役として黒崎さまを訪れましたか……」

「ええ。神崎どの、私は先を急ぎます。此にて御免……」

北島隼人は、和馬と幸吉に会釈をして明神下の通りを不忍池に向かった。

「御造作をお掛け致した……」

和馬は、北島隼人の後ろ姿に声を掛けた。

北島隼人は、落ち着いた足取りで立ち去って行く。

「和馬の旦那、どうします……」

幸吉は眉をひそめた。

「尾行たいが……」

和馬は眉をひそめた。

尾行ても気付かれ、危ない目に遭う……。

和馬は恐れた。

「でしたら、あっしが出来るだけ離れ、追えるだけ追ってみますよ」

幸吉は告げた。

「そいつは構わないが、柳橋の、呉々も気を付けるんだぜ」

「ええ。気付かれれば直ぐに止めます。じゃあ……」

幸吉は、辛うじて見える北島隼人の後ろ姿を追った。

和馬は見送った。

旗本黒崎織部家中の北島隼人は、若いが物堅い人柄であり、かなりの剣の遣い手だ。

おそらく、今も主の黒崎織部の使いで何処かに行ったのだ。

和馬は、眩しげに明神下の通りを眺めた。

北島隼人と幸吉の姿は、既に見えなくなっていた。

二

下谷広小路は賑わっていた。

幸吉は、充分に距離を取って慎重に北島隼人を尾行た。

北島隼人は、時々背後を窺って尾行を警戒して不忍池の畔の上野元黒門町に入った。

何処迄行くのだ……。

幸吉は、遠くに見える北島隼人を懸命に追った。

北島隼人は、上野元黒門町の裏通りに曲がって消えた。

幸吉は、裏通りに走った。


裏通りに行き交う人は少なかった。

幸吉は、裏通りを窺った。

北島隼人の姿は、何処にも見えなかった。

見失った……。

幸吉は、裏通りに連なる店を眺めた。

裏通りの左右には瀬戸物屋、一膳飯屋、骨董品屋、煙草《たばこ》屋、刀剣商、荒物屋、八百屋など様々な店が連なっていた。

一応、裏通りを通り抜けてみよう……。

幸吉は、左右に連なる店を覗きながら裏通りを進んだ。だが、何処の店にも北島隼人の姿は見えなかった。

幸吉は、裏通りを抜けて不忍池の畔に出た。

不忍池は煌めいていた。

「じゃあ今の処、柳河藩納戸役の近藤主膳が旗本黒崎織部に何用あって行ったのか、分からないか……」

久蔵は苦笑した。

「はい。黒崎家家中の北島隼人なる家来、若いのに中々物堅い男でして……」

和馬は、悔しさを過ぎらせた。

「で、尾行も気付かれたか……」

「はい……」

和馬は頷いた。

「和馬と柳橋の尾行に気が付くとは、油断のならぬ奴だな」

「はい。かなりの手練《てだ》れかと……」

和馬は、厳しさを過ぎらせた。

「うむ。して、黒崎家は厳格な家風で家来や奉公人に厳しいのだな」

「はい。噂では、その昔、情を交わした家来と女中をお家の御法度を破ったと、手討にしたそうです」

「手討……」

久蔵は眉をひそめた。

「はい。ですが、何処迄本当か……」

和馬は首を捻った。

「気に入らねえか……」

「はい。黒崎織部、書画骨董に眼のない好事家だそうでしてね……」

「好事家……」

久蔵は、戸惑いを浮かべた。

「はい……」

「厳格な家風の黒崎家の当主が、数寄《すき》を好む好事家ってのが気に入らねえか……」

久蔵は、和馬の腹の内を読んだ。

「ええ。どうにもしっくりしません」

和馬は頷いた。

「して、黒崎織部、好事家としてはどうなんだい……」

「そいつが、欲しいと思った物は、脅したり賺したりしてでも、手に入れるそうですよ」

「成る程。手に入れる為には手立てを選ばぬ好事家か……」

久蔵は、微かな厳しさを過ぎらせた。

「はい……」

「そして、殺された近藤主膳は、柳河藩納戸役か……」

久蔵は、小さな笑みを浮かべた。


柳河藩江戸上屋敷は、表門を閉めて静寂を守っていた。

勇次と新八は、柳河藩江戸上屋敷の前にある旗本屋敷の小者に金を握らせ、塀の内側に潜んで隙間から見張っていた。

柳河藩は、家臣の納戸役近藤主膳と小者の竹松を殺されたのにも拘らず、家臣たちが探索に走る事もなく平静を保っていた。

「柳河藩、近藤さまたちを殺した奴を捜さないんですかね」

新八は首を捻った。

「うん。家来たちが探索しているような気配は見えないな……」

勇次は眉をひそめた。

動かないのが妙だ……。

勇次は、微かな疑念を覚えた。

「町奉行所に支配違いだと釘《くぎ》を刺し、手前らも探索しないとなると、近藤さまと竹松さん殺し、此のまま有耶無耶《うやむや》にして闇に葬るつもりなんですかね」

新八は読んだ。

「もしそうだとしたら、柳河藩には探索されて困る事でもあるのかな……」

勇次と新八は、柳河藩江戸上屋敷を見張りながら、その動きに疑念を募らせ始めた。


淡路坂には風が吹き抜けていた。

旗本の黒崎織部の屋敷には、細長い箱や四角い箱を包んだ風呂敷包みを持った商人が出入りをしていた。

雲海坊は、太田姫稲荷の境内の片隅から黒崎織部の屋敷を見張った。

出入りしている商人は、古美術商か刀剣商なのかもしれない。

雲海坊は睨んだ。

黒崎屋敷の潜り戸が開き、初老の商人が小さな四角い箱包みを抱えて出て来た。

初老の商人は、腹立たしげに黒崎屋敷を一瞥して淡路坂を下り始めた。

よし……。

雲海坊は、初老の商人を追った。


「もし……」

雲海坊は、四角い箱包みを抱えた初老の商人に声を掛けた。

初老の商人は立ち止まり、怪訝な面持ちで振り返った。

「やあ……」

雲海坊は、饅頭笠をあげて親しげに笑い掛けた。

「此はお坊さま、手前に何か……」

初老の商人は、思わず微笑んだ。

「うむ。お手前は旗本の黒崎さまのお屋敷から出て来たようですが……」

「左様にございますが……」

初老の商人は、雲海坊を見る眼に警戒を浮かべた。

「私はお上の御用を勤める者でしてね……」

雲海坊は囁いた。

「えっ……」

初老の商人は、戸惑いを浮かべた。

「古美術商の旦那ですね……」

「え、ええ……」

「黒崎さまとの商い、上手《うま》く行かなかったようですね……」

雲海坊は、初老の商人が黒崎屋敷を腹立たしげに一瞥したのを思い出し、誘い水を注いだ。

「えっ、まあ……」

「近頃、黒崎さま、脅したり賺したり、欲しいとなれば、手立てを選ばないとの噂、御目付衆の耳にも届き始めましてね……」

雲海坊は、誘い水を注ぎ続けた。

「そうでしたか。此処だけの話ですが、黒崎さま、今日は五十両の唐渡りの白磁の茶碗を二十両で譲れと仰いましてね。話にならないので早々に帰って来た処ですよ」

初老の商人は、声を潜めて四角い箱包みを示した。

四角い箱包みは、唐渡りの白磁の茶碗の入った桐箱なのだ。

「五十両の茶碗を二十両とは……」

雲海坊は呆れた。

「ええ。自分の目利きではそんなもので、違うと云い張るなら二十両にもならず、只で譲り渡す事になると……」

「只で……」

雲海坊は眉をひそめた。

初老の古美術商は脅されたのだ。

「ええ……」

「旦那、此以上、黒崎さまと商いはしないのが利口ってものです。それに、店の戸締まりを厳重にして、夜は何があっても出歩かない方が良いですぞ」

雲海坊は、真顔で告げた。

「は、はい……」

初老の商人は怯えを滲ませ、喉を引き攣らせて頷いた。

「では、お手間を取らせましたな……」

雲海坊は、初老の商人に手を合わせて淡路坂を戻って行った。

初老の商人は、四角い箱包みを抱えて八ツ小路を神田須田町に急いだ。

夕暮れ時が近付いた。

燭台の火は揺れた。

久蔵は、屋敷を訪れた和馬や幸吉と酒を飲み始めた。

和馬と幸吉は、探索の経緯を久蔵に報せた。

「そうか。柳河藩は、何故か近藤主膳と竹松が殺された事に眼を瞑《つむ》り、闇の彼方に葬ろうとしているか……」

久蔵は苦笑した。

「はい。勇次と新八の見立では、探索をしている気配はなく、そうじゃあないかと……」

幸吉は告げた。

「うむ。して、黒崎織部の方はどうだ」

「雲海坊の話では、好事家として古美術商相手に強引な真似をしているようです」

和馬は、猪口の酒を飲み干して腹立たしげに告げた。

「厳格な家風が聞いて呆れるか……」

「で、黒崎家家中の北島隼人ですが、上野元黒門町の裏通りで見失いましたよ」

幸吉は、悔しさを滲ませた。

「若い手練れか……」

「はい。秋山さま、和馬の旦那、北島隼人は若いのに落ち着いた足取りの男です。ですが、近藤さまと竹松さんが殺された昌平橋の袂だけは、足早に通り過ぎました。ひょっとしたら……」

幸吉は、昌平橋の袂で覚えた妙な感じを思い出していた。

「北島隼人が近藤主膳と竹松を斬ったか……」

久蔵は、幸吉の腹の内を読んだ。

「はい。違いますかね……」

幸吉は眉をひそめた。

「ならば、斬った理由は……」

久蔵は問い質した。

「それは、主の黒崎織部さまに命じられての事ではないでしょうか……」

「主命か……」

「ええ……」

久蔵は眉をひそめた。

「はい……」

幸吉は頷いた。

「しかし、如何に主命でも人を斬り殺す刺客となるとな……」

和馬は首を捻った。

「和馬、北島隼人が馬鹿の付く程の忠義者なら、まったくねえとも云い切れないだろう」

久蔵は睨んだ。

「馬鹿の付く忠義者ですか……」

「ああ……」

「でしたら、有り得ますか……」

「よし。和馬、柳橋の。北島隼人と近藤主膳に個人的な拘りがあるかどうかだ。もし、個人的な拘りがなければ、黒崎織部に命じられての所業とみて良いだろう」

「分かりました。ならば、北島隼人を詳しく調べてみます」

和馬は頷いた。

「うむ。俺も北島隼人の面を拝みに行くか……」

久蔵は、手酌で酒を飲んだ。

燭台の火は小刻みに瞬いた。


太田姫稲荷の赤い幟旗は、神田川から噴き上げる風に揺れていた。

和馬と幸吉は、太田姫稲荷の境内から黒崎屋敷を見張っていた。

雲海坊と由松が旗本屋敷の連なりから現れ、和馬と幸吉の許に駆け寄って来た。

「何か分かったか……」

幸吉は迎えた。

「はい。北島隼人、歳は二十一歳で去年から黒崎家に奉公し、主の織部の近習《きんじゅ》を勤めているそうです」

由松は、周囲の旗本屋敷の中間小者たちから訊き出して来た事を告げた。

「去年からの奉公人か……」

和馬は眉をひそめた。

「親代々の忠義な家来かと思いましたが、違いましたね」

幸吉は、戸惑いを浮かべた。

「柳橋の、去年奉公した新参者だからこそ忠義を尽くさなければならない時もあるさ」

和馬は読んだ。

「新参者ですか……」

幸吉は眉をひそめた。

「ああ……」

「北島隼人、浪人の倅で神道無念流《しんとうむねんりゅう》の遣い手なのを見込まれ、黒崎家に仕官が叶《かな》ったそうでしてね。人柄は真面目で、浪人の倅で長屋育ちのせいか、中間小者などにも優しく、親しく話をするそうですよ」

雲海坊は告げた。

真面目で神道無念流の遣い手の新参者……。

和馬と幸吉は、北島隼人と云う人物を僅かに知った。

「親分、和馬の旦那……」

由松が囁いた。

北島隼人が黒崎屋敷から出て来た。

和馬、幸吉、雲海坊、由松は見守った。

北島隼人は、淡路坂を下り神田八ツ小路に向かった。

「雲海坊、由松。和馬の旦那と俺は面が割れている。追ってくれ」

幸吉は命じた。

「承知……」

「かなりの遣い手だ。無理はするな……」

和馬は注意した。

「はい。じゃあ……」

雲海坊と由松は、北島隼人を追った。

北島隼人は、淡路坂を下って神田川に架かっている昌平橋を渡り、明神下の通りを不忍池に進んだ。

由松と雲海坊は、別々に隼人を尾行た。

由松は、隼人に並んだり、前に出たり、菅笠を被ったり、着物の端折《はしょ》った裾を下ろしたりして巧みに尾行た。

雲海坊は、距離を保って隼人を追った。

「あの若いのが北島隼人かい……」

塗笠を被り、着流し姿の久蔵が雲海坊に並んだ。

「こりゃあ秋山さま……」

「御苦労だな」

「いいえ。仰る通り。その横を行く菅笠は由松です」

雲海坊は告げた。

「そうか。よし、俺が先に行く、雲海坊は俺を追って来い……」

「承知……」

雲海坊は頷き、久蔵の背後に下がった。

此で隼人は、背後を来ていた托鉢坊主が尾行者ではないと思う筈だ。

雲海坊は、久蔵の後ろ姿を眺めた。

久蔵は、落ち着いた足取りで隼人を追った。


不忍池に出た隼人は、畔を下谷広小路に向かった。

由松は尾行した。

塗笠を被った久蔵が追い、雲海坊が続いた。

隼人は、下谷広小路から山下に進んだ。

山下の宿坊の連なりの片隅では、三人の浪人が若いお店者を取り囲んでいた。

通行人たちは、見て見ぬ振りをして足早に行き交っていた。

隼人は足を止め、厳しい面持ちで若いお店者と三人の浪人を見た。

由松は見守った。

三人の浪人は、若いお店者から金を脅し取ろうとしていた。

若いお店者は、勘弁して下さいと泣いて頼んでいた。

「止めろ……」

隼人は、三人の浪人に呼び掛けた。

「何だ、手前は……」

三人の浪人は、若い隼人を侮《あなど》って薄笑いを浮かべた。

「金を脅し取るのは止めろ……」

隼人は、厳しく云い放った。

「何だと、若僧……」

三人の浪人は、怒りを浮かべた。

行き交う人々は立ち止まった。

隼人は、蔑むように笑った。

三人の浪人は、隼人に襲い掛かった。

隼人は、襲い掛かる三人の浪人を殴り、蹴り飛ばした。

「お、おのれ……」

三人の浪人は刀を抜いた。

隼人は、抜き打ちの構えを取った。

見守る人々は騒《ざわ》めいた。

面白い事になった……。

由松は、楽しげに見守った。

「面倒な事になったな……」

雲海坊が並んだ。

「そうですかね……」

由松は苦笑した。

「ま、秋山さまが始末するだろう」

「秋山さまが……」

「ああ……」

雲海坊は笑った。

三

「好い加減にするんだな……」

進み出た久蔵が、塗笠を上げて三人の浪人に笑い掛けた。

三人の浪人は、僅かに怯んだ。

北島隼人は、戸惑いを浮かべながらも若いお店者を逃がした。

若いお店者は、隼人と久蔵に手を合わせて逃げ去った。

「下手な真似をすれば、三人共斬り棄てられるぜ……」

久蔵は、隼人と三人の浪人の腕の差を見抜いていた。

「何……」

「早々に退散するのが利口ってもんだ」

久蔵は笑った。

「煩い……」

「黙れ……」

三人の浪人は怒鳴り、久蔵に斬り掛かった。

刹那、久蔵は刀を一閃した。

先頭の浪人の刀を握る腕が両断され、血を振り撒いて地面に落ちた。

隼人は眼を瞠った。

刀を握る腕を斬り飛ばされた浪人は、我が身に起こった事に呆然とし、気を失って崩れるように倒れた。

残る二人の浪人は、恐怖に凍て付いた。

「早く医者に診せてやるのだな……」

久蔵は促した。

二人の浪人は、慌てて腕を斬られて気を失った浪人を担いで駆け去った。

久蔵は、刀に拭いを掛けた。

「お陰で助かりました……」

隼人は、久蔵に深々と頭を下げた。

「いや。おぬしの邪魔をしたかもしれぬな」

久蔵は苦笑した。

「いいえ。飛んでもありません……」

隼人は、剣の冴えに眼を輝かせていた。

東叡山寛永寺の裏には、田畑の緑が大きく揺れていた。

「心形刀流《しんぎょうとうりゅう》ですか……」

北島隼人は感心した。

「ああ。おぬしは……」

「神道無念流です」

「そうか、神道無念流か……」

「はい。私は北島隼人と申します」

隼人は、楽しげに名乗った。

「北島隼人さんか。俺は秋山久蔵だ」

「秋山久蔵さまですか。じゃあ私は此で……」

隼人は、田畑の間の辻で立ち止まった。

「何処に行くのだ……」

久蔵は、戸惑いを浮かべた。

「はい。此の先にある百姓家で暮らしている両親と弟妹の許に……」

隼人は、田畑の向こうに見える小さな百姓家を示した。

「ほう。御両親と弟妹があの百姓家に……」

久蔵は、小さな百姓家を眺めた。

庭先では百姓女が仕事をしており、男女の子供が手伝っていた。

「はい。逃げた百姓の家と畑を庄屋さんに借りましてね。父が長患いで寝込んでいて、母が畑仕事で辛うじて暮らしを立てているんです」

「そいつは大変だな……」

「はい。それで今日は、貯《た》めた金を届けに来たんです」

隼人は、嬉しげに告げた。

「そうか。ならば早く行くんだな……」

久蔵は、笑顔で勧めた。

「はい。では、此にて……」

隼人は、久蔵に深々と一礼して田畑の中の狭い道を小さな百姓家に向かって走った。

久蔵は見送った。

雲海坊と由松が、久蔵の許にやって来た。

「秋山さま……」

「うむ。北島隼人、貯めた金を実家に届けに来たそうだ」

久蔵は告げた。

「貯めた金を実家に……」

「ああ……」

久蔵は、田畑の向こうにある小さな百姓家を眺めた。

隼人は母親に挨拶をし、纏わり付く弟や妹とじゃれ合っていた。

田畑の緑は風に揺れた。


柳河藩江戸上屋敷に不審な動きはなかった。

勇次と新八は、向い側の旗本屋敷の塀の内から見張り続けた。

「勇次の兄貴……」

新八は一方を示した。

久蔵がやって来た。

「秋山さまか、此処にいろ……」

勇次は、新八を残して旗本屋敷の塀の外に出た。

「御苦労だな。どうだ……」

「変わりはありません」

「近藤と竹松を殺した者を追う気配、相変わらずないのか……」

久蔵は、柳河藩江戸上屋敷の動きに念を押した。

「はい……」

「よし。ならば、ちょいと尻に火を付けてやるか……」

「尻に火ですか……」

「うむ。此のまま見張りをな……」

「はい……」

勇次は頷いた。

久蔵は、柳河藩江戸上屋敷の潜り戸を叩いた。そして、現れた中間と言葉を交わして潜り戸を潜って行った。

勇次は見送った。


柳河藩江戸上屋敷の書院は、静寂に満ちていた。

久蔵は、出された茶を飲んで江戸留守居役の前田《まえだ》帯刀《たてわき》の来るのを待っていた。

廊下に慌ただしく来る足音がし、初老の武士が入って来た。

久蔵は、茶碗を置いた。

「お待たせ致した。南町奉行所吟味方与力の秋山久蔵どのにございますか……」

「如何にも……」

「拙者、当藩江戸留守居役の前田帯刀です」

前田は、性急な人柄を感じさせた。

「急な訪問、お許し下さい……」

久蔵は詫びた。

「いえ。して御用とは、当藩家臣の近藤主膳の一件ですかな……」

前田は、久蔵に探る眼差しを向けた。

「いえ。付かぬ事を伺いますが、藩主の立花《たちばな》飛驒守《ひだのかみ》さま、書画骨董に御趣味はございますかな……」

「えっ……」

久蔵は、意外な事を尋ねた。

前田は、思わぬ問に戸惑った。

「書画骨董です……」

久蔵は笑い掛けた。

「いえ。ございません。我が主飛騨守は質実剛健、書画骨董に現《うつつ》を抜かすような数寄者にはございませぬが……」

前田は、怪訝な面持ちで久蔵を見返した。

「ならば、刀剣ですか……」

久蔵は、何気なく鎌を掛けた。

「如何にも……」

前田は頷いた。

「そうでしたか、やはり刀剣でしたか……」

久蔵は苦笑した。

「左様。我が主の飛騨守は名のある刀剣を眺めるのが唯一の道楽でしてな……」

「それであの日、納戸役の近藤主膳どのは黒崎織部さまの屋敷に行ったのですか……」

「えっ……」

前田は、話題が主飛騨守の道楽から近藤主膳に変わったのに狼狽えた。

「近藤どのは、刀剣の事で黒崎さまの屋敷に行った。そして、その帰り、小者の竹松と共に何者かに斬られた……」

「あ、秋山どの……」

前田は、焦りを滲ませた。

「斬られたのは、刀の所為《せい》ですな……」

久蔵は読んだ。

「そ、そのような……」

前田は狼狽えた。

「前田どの、その刀、何か曰《いわ》く因縁がありそうですな」

久蔵は、前田を冷ややかに見詰めた。

「えっ……」

「それ故、近藤どのを手に掛けた者を捜さず、闇に葬ろうとしている……」

久蔵は冷笑を浮かべた。

「秋山どの……」

前田は、怯えを過ぎらせた。

「その刀、どのような曰く因縁があるのか教えて戴きたい……」

「それは……」

前田は怯え、狼狽えた。

「前田どの、公儀目付は既に黒崎織部を調べ始めました。何れは飛驒守さまとの拘り、刀の曰くも明らかになるのは必定《ひつじょう》……」

「秋山どの……」

「刀の曰く因縁、公儀に突き止められる前に明らかにした方が、貴藩に対する心証は良くなるものかと……」

久蔵は、前田を見据えた。

「む、村正《むらまさ》の短刀です……」

前田は、項垂れるように告げた。

「村正の短刀……」

久蔵は眉をひそめた。

刀工村正の刀は、将軍徳川家の家祖である家康の祖父、父、嫡子の死に拘った刀であり、家康自身も怪我をした事のある物だった。

以来、徳川家は村正の刀を妖刀《ようとう》として忌《い》み嫌い、所持する者を将軍家に二心ある者とみなした。

大名旗本は、村正を所持するのを憚《はばか》り、恐れていた。

「左様。我が殿飛騨守さま、村正の刀に興味を抱き、秘かに探していた処、黒崎織部さまから村正の短刀があると……」

「それで、納戸役の近藤主膳どのが飛騨守さまの命を受けて動かれたか……」

「如何にも、黒崎さまは村正の短刀、御所望ならば二百両で譲ると……」

「ほう、村正の短刀、二百両ですか……」

「左様。だが、近藤は村正の短刀、贋物《にせもの》ではないかと云い出しましてな……」

「贋物……」

久蔵は、近藤主膳が黒崎織部の村正の短刀を贋作《がんさく》ではないかと睨んだのを知った。

「うむ。で、あの夜、村正の短刀の真贋を問い質すと、黒崎屋敷に行き……」

前田は、吐息混じりに肩を落した。

「成る程、そう云う事でしたか……」

久蔵は苦笑した。

黒崎織部は、売ろうとした村正が贋作だと見抜いた近藤主膳を闇討ちさせた。

柳河藩としては、家臣の近藤主膳の死を騒ぎ立てると、藩主の立花飛騨守が将軍家に仇《あだ》なす妖刀村正を欲しがった事が露見し、公儀に知れるのを恐れた。

それ故、納戸役の近藤主膳と小者の竹松が殺された一件は闇に葬り、斬った者を探索する気配もみせなかったのだ。

「して、秋山どの……」

前田は、不安を露わにしていた。

「いや、良く分かりました。此の秋山久蔵、出来る限りの事を致しましょう……」

久蔵は笑った。


南町奉行所の用部屋の障子は、差し込む夕陽に染まった。

久蔵は、和馬と幸吉を用部屋に呼び、柳河藩江戸留守居役の前田帯刀との話を伝えた。

「妖刀村正の短刀ですか……」

和馬は眉をひそめた。

「ああ。柳河藩がそれを公儀に知られるのを恐れているとは気付かず、黒崎織部は近藤主膳に刺客を送った……」

久蔵は読んだ。

「何もかも旗本の黒崎織部さまですか……」

幸吉は溜息を吐いた。

「うむ……」

「で、黒崎が近藤に送った刺客は、新参者の北島隼人ですか……」

和馬は読んだ。

「うむ。間違いあるまい……」

「それにしても北島隼人さん、どうして刺客なんか引き受けたんですかね」

幸吉は首を捻った。

「北島隼人は忠義の新参者であり、長患いの父親と弟妹を抱えて慣れぬ百姓仕事に苦労している母親に纏まった金を渡してやりたかったのだろう」

久蔵は、北島隼人の置かれている立場を読んだ。

「ならば秋山さま、黒崎織部、そんな北島隼人の立場を知り、金を餌《えさ》に刺客を命じたのかもしれませんね」

和馬は睨んだ。

「おそらくな……」

「だとしたら黒崎織部ってのは、本当に汚ねえ野郎ですね」

幸吉は呆れた。

「ああ。それで秋山さま、黒崎織部、如何しますか……」

「うむ。柳河藩同様、尻に火を付けるのは容易《たやす》いが、北島隼人の始末がな……」

久蔵は眉をひそめた。

「ですが秋山さま、柳河藩が納戸役の近藤主膳と小者の竹松殺しを闇に葬る限り、北島隼人に累《るい》が及ぶ事はないものかと……」

和馬は告げた。

「うむ。それはそうなのだが……」

久蔵は、厳しさを滲ませた。


黒崎屋敷は緊張に包まれた。

目付の榊原蔵人は、黒崎屋敷を不意に訪れて主の織部に面会を求めたのだ。

公儀目付は、旗本の監察が役目だ。

黒崎家用人の戸川惣兵衛《とがわそうべえ》は、主の織部に榊原蔵人の訪問を報せた。

「目付の榊原蔵人……」

黒崎織部は、瘦せた身体に緊張を漲《みなぎ》らせた。

「はい。殿にお逢いしたいと、参っておりますが、如何致しましょう」

「惣兵衛、儂《わし》は病だ……」

織部は、その眼を狡猾に光らせた。

「病……」

戸川は戸惑った。

「そうだ、儂は不意に熱が出て伏せっている。それ故、お逢い出来ぬとな……」

織部は傲慢に云い放った。

榊原蔵人は、供侍を従えて黒崎屋敷から出て来た。そして、黒崎屋敷を振り返って冷笑した。

秋山どのに頼まれた役目は果たした……。

榊原は太田姫稲荷を一瞥し、供侍を従えて淡路坂を下りて行った。

久蔵は、太田姫稲荷の境内で榊原蔵人を見送った。

頼み通りに動いてくれた……。

久蔵は、榊原蔵人に感謝した。

和馬と幸吉が現れた。

「黒崎織部、どんな言い訳をして逢わなかったのか……」

和馬は笑った。

「ま、腹痛か熱でも出たかでしょう……」

幸吉は嘲笑った。

「ま、これで黒崎織部の尻に火が付いたのに間違いあるまい……」

久蔵は、不敵な笑みを浮かべた。

四

「目付の榊原蔵人か……」

黒崎織部は眉をひそめた。

「はい。ひょっとしたら柳河藩納戸役の近藤主膳闇討ちを探っているのかも……」

用人の戸川惣兵衛は、榊原が訪れた理由を読んだ。

「近藤主膳の闇討ちか……」

織部は苦笑した。

「はい……」

「気になるのは、刺客として放った北島隼人だな」

「はい。北島隼人、目付の榊原に押さえられれば何かと面倒かと……」

「ならば、早々に始末するしかあるまい」

織部は、冷酷に云い放った。

「それが上策かと……」

戸川は頷いた。

「だが、北島隼人は神道無念流の手練れ、家中に討ち果たせる者は……」

織部は眉をひそめた。

「殿、それなら私に妙案がございます」

戸川は、したり顔で囁いた。

「戸川、その妙案とやらを聞かせて貰おう」

織部は、狡猾な笑みを浮かべた。

夕陽は神田川の流れを染め、太田姫稲荷の御堂の影を長く伸ばし始めた。

黒崎屋敷は、夕暮れ前に用人の戸川惣兵衛が出掛け、その後に人の出入りはなかった。

久蔵、和馬、幸吉は、太田姫稲荷の境内から黒崎屋敷を見張った。

雲海坊、由松、勇次は、黒崎屋敷の周囲に潜んでいた。

黒崎織部は、北島隼人の口を封じる為に必ず動く……。

久蔵は読んでいた。

黒崎屋敷の潜り戸が開き、北島隼人が出て来た。

「秋山さま……」

和馬は囁いた。

「うむ……」

久蔵は、北島隼人を見詰めた。

北島隼人は、淡路坂を下り始めた。

周囲の物陰から勇次、由松、雲海坊が現れて隼人を追った。

「和馬、柳橋の、此処を頼んだぜ……」

久蔵は、隼人を追う勇次、由松、雲海坊に続いた。

隼人は、落ち着いた足取りで夕暮れ時の淡路坂を降りた。

不忍池は青黒い薄暮に覆われ、畔を散策する人は途絶えていた。

北島隼人は、不忍池の畔を進んだ。

不忍池の畔にある料理屋『青柳《あおやぎ》』で古美術商の主と逢い、品物を受け取って来る。

それが主の黒崎織部に命じられた仕事だ。

隼人は、料理屋『青柳』に急いだ。

行く手の闇に微かな煌めきが過ぎり、弦を放つ短い音が鳴った。

隼人は、刀を抜き打ちに一閃した。

飛来した半弓の矢が斬り飛ばされた。

次の瞬間、隼人の右脚の太股《ふともも》に飛来した二の矢が突き刺さった。

隼人は、思わず片膝を突いた。

周囲の闇から五人の浪人が現れ、刀を抜きながら隼人に殺到した。

隼人は、片膝を突いたまま襲い掛かる浪人の一人を斬り棄てた。

「おのれ……」

残る浪人たちが、隼人に斬り掛かった。

刹那、駆け込んで来た着流しの侍が浪人の一人を弾き飛ばし、隣にいた浪人の刀を握る腕を斬った。

鮮やかな一刀だった。

浪人たちは怯んだ。

着流しの侍は久蔵だった。

「あ、秋山さま……」

隼人は驚いた。

「大丈夫か……」

久蔵は、隼人に笑い掛けた。

「はい……」

隼人は頷いた。

雲海坊が隼人に駆け寄り、助け起こした。

「さあて、誰に頼まれての仕業かな……」

久蔵は、浪人たちに迫った。

「おのれ、邪魔するな……」

浪人たちは熱《いき》り立った。

「やるか……」

久蔵は、浪人たちを冷笑した。

浪人たちは、久蔵に猛然と斬り掛かった。

久蔵は、刀を縦横に閃《ひらめ》かせた。

闇に刀の閃きが交錯し、血が飛び、短い呻《うめ》き声があがった。

斬り合いは直ぐに終わった。

五人の浪人は腕や脚を斬られ、助け合いながら逃げ去った。

久蔵は見送り、雲海坊と隼人の許に行った。

雲海坊は、隼人の右脚に突き刺さった矢を抜き、血止めをしていた。

「どうだ……」

「かなり深く突き刺さっていましたが、命に別状はありませんぜ」

雲海坊は睨んだ。

「北島、しっかりするんだな」

「は、はい……」

隼人は、息を鳴らして頷いた。

縄を打たれた戸川惣兵衛が、勇次と由松に引き立てられて来た。

「戸川さま……」

隼人は、戸惑いを浮かべた。

勇次と由松は、久蔵と隼人の前に戸川惣兵衛を引き据えた。

「北島、戸川惣兵衛は黒崎織部の命を受けて浪人共を雇い、お前を殺そうとした……」

久蔵は教えた。

「そ、そんな……」

隼人は驚き、狼狽えた。

「そいつは、黒崎織部に命じられて柳河藩納戸役の近藤主膳を闇討ちしたお前の口を封じ、すべての罪を被せる為……」

久蔵は読んだ。

隼人は、呆然として言葉を失った。

「そうだな、戸川……」

久蔵は、戸川を厳しく見据えた。

「黙れ、私は旗本黒崎家家臣、町奉行所の縄目の恥辱を受ける謂《い》われはない」

戸川は、声を激しく引き攣らせた。

「戸川、云われなくても手前の身柄は目付の榊原蔵人さまに引き渡すさ……」

久蔵は笑った。

「目付に……」

戸川は、恐怖に震えた。

「よし。勇次、由松、戸川惣兵衛を大番屋に叩き込め……」

「はい……」

勇次と由松は、戸川惣兵衛を引き立てて行った。

「秋山さまは……」

隼人は、久蔵に怪訝な眼差しを向けた。

「私は南町奉行所吟味方与力の秋山久蔵……」

久蔵は告げた。

「南町奉行所の秋山久蔵さま……」

隼人は、久蔵を見詰めた。

「うむ。北島隼人、黒崎織部に命じられて柳河藩納戸役の近藤主膳を闇討ちしたのは、間違いないな」

久蔵は、隼人を見据えた。

「はい……」

隼人は、言い訳をせずに潔《いさぎよ》く認めた。

「よし……」

新参者……。

久蔵は、隼人の置かれた立場を哀れんだ。

夜廻りの打つ拍子木の音が夜空に甲高く響き、不忍池に映える月影が揺れた。


黒崎屋敷は険しさに満ちた。

昨日出掛けた用人の戸川惣兵衛と新参者の北島隼人が帰らず、南町奉行所吟味方与力の秋山久蔵が訪れた。

それは、黒崎家家中に不吉な予感を漲らせるのに充分だった。

久蔵は書院に通され、黒崎織部と向かい合った。

「して、町奉行所の与力が儂に何の用だ……」

黒崎は、久蔵に不機嫌な眼を向けた。

不機嫌な眼の奥には、怒りと怯えが秘められている。

久蔵は、黒崎に冷たい眼を向けた。

「そ、その方、秋山久蔵と申したな……」

黒崎は、秘めていた怯えを微かに見せた。

「昨夜、不忍池の畔で御家中の北島隼人どのが無頼《ぶらい》の浪人共に襲われましてな……」

久蔵は、黒崎を見据えた。

「き、北島が……」

「如何にも……」

「して……」

黒崎は、その始末を知りたがった。

「我らが無頼の浪人共を追い払い、金で雇った者を捕らえました」

「金で雇った者……」

黒崎は眉をひそめた。

「左様。御当家用人の戸川惣兵衛を……」

久蔵は、黒崎を見据えて告げた。

「と、戸川を……」

黒崎は、激しく狼狽えた。

「戸川は、金で無頼の浪人共を雇い、新参者の北島隼人を殺そうとした。その背後には柳河藩の立花飛騨守さまに贋の村正の短刀を売り付けようと企て、見破った納戸役近藤主膳どの闇討ちが隠されている……」

「黙れ、秋山……」

黒崎は、怒声をあげて遮った。

書院の次の間に殺気が湧《わ》いた。

次の間に家来たちを潜めている。

「相違ありませんな……」

久蔵は、蔑みの笑みを浮かべて念を押した。

「黙れ、黙れと申すに秋山……」

黒崎は狼狽えた。

次の間の襖《ふすま》が開き、刀を手にした家来たちが姿を見せた。

久蔵は、冷笑を浮かべて刀を手にした。

「下手に動くんじゃあねえ。迂闊《うかつ》な真似をすれば、南町奉行所と目付を相手にする事になるぜ……」

久蔵は、家来たちに静かに告げた。

家来たちは、喉を鳴らして立ち竦んだ。

「黒崎さま、用人の戸川惣兵衛は間もなく何もかも吐く。それでも二百石取りの町奉行所与力と二千石取りの旗本黒崎家、刺し違えようってのかな……」

久蔵は嘲笑った。

「お、おのれ……」

黒崎は震えた。

「そいつも面白いが、家を潰せば黒崎織部は希代の大虚《うつ》けと蔑まれ、笑われるのが落ちだぜ。此処は早々に腹を切り、己一人で責めを取るのだな」

久蔵は云い放った。

「黙れ……」

黒崎は、久蔵に斬り付けた。

久蔵は躱し、片膝立ちになって黒崎を押さえ、その腕を捩じ上げた。

「斬れ、秋山を斬れ……」

黒崎は、激痛に顔を醜く歪めて家来たちに喚《わめ》いた。

家来たちは狼狽えた。

「煩せえ黒崎、新参者の北島隼人に比べて往生際が悪すぎるぜ……」

久蔵は、押さえ付けていた黒崎の額を扇子で鋭く打ち据えた。

黒崎は昏倒した。

家来たちは緊張した。

「此のままでは黒崎家は取り潰され、おぬしたちは浪々の身となる。そいつが嫌なら、せいぜい殿さまに武士として潔く腹を切るように勧めるのだな」

久蔵は、家来たちに笑い掛けながら立ち上がった。

家来たちは、黙って久蔵に道を開けた。

久蔵は、黒崎屋敷の書院を後にした。


旗本の黒崎織部は嫡男に家督を譲り、腹を切って果てた。

嫡男は、父親織部の死を急な病として公儀に届けた。

旗本黒崎家は存続を許された。

目付の榊原蔵人は、家督を継いだ嫡男に黒崎家存続を願うなら身を慎むように告げた。

それは、目付として事の真相を知っていると云う警告だった。

家督を継いだ嫡男は頷き、榊原の云う通りにすると約束した。

「御造作をお掛け致しました……」

久蔵は礼を述べた。

「いえ。旗本御家人の家を取り潰すだけが目付の役目ではありませんからね」

榊原蔵人は苦笑した。

「お陰で黒崎家の家来たちも浪人せずに済みましたよ」

「それは重畳《ちようじよう》。処で秋山どの、北島隼人は如何致しました……」

「谷中《やなか》の両親の許で矢傷の養生をしていますよ」

「そうですか……」

「北島隼人が何か……」

「此からどうするつもりなんですかね」

「如何に主に命じられ、秘かに闇に葬られた一件とは云え、柳河藩納戸役の近藤主膳と小者の竹松を闇討ちしたのです。北島隼人は武士を棄て、母親を手伝って百姓になるかもしれません」

「それは残念な……」

「榊原さま……」

久蔵は眉をひそめた。

「いえ。もし良ければ、榊原家に奉公しては貰えぬかと思いましてね」

「榊原家に……」

「はい。秋山どの、北島隼人に伝えて下さい。その気になった時は、いつでも榊原蔵人の屋敷に行けと……」

榊原蔵人は、久蔵に聞いた北島隼人の人柄と剣の腕を評価したのだ。

「そうですか、分かりました。必ず伝えましょう」

久蔵は約束した。


谷中の田畑には、野良仕事に精を出す百姓たちの姿があった。

久蔵は、北島隼人の両親の小さな百姓家を訪れた。

隼人は、母親や弟妹たちと野良仕事に励んでいた。

「此は秋山さま……」

隼人は、久蔵に気が付いて汗と土に汚れた顔を輝かせた。

「脚はもう良いのか……」

「はい。お陰さまで……」

「そうか。今日来たのは他でもない……」

久蔵は、隼人に目付榊原蔵人の申し出を伝えた。

「ありがたいお話ですが、今はとても……」

隼人は、如何に新参者とは云え、主に命じられるままに刺客を働いた事を悔やみ、己を恥じていた。

「そうか……」

「申し訳ございません……」

隼人は詫びた。

「いや。それで良い……」

久蔵は微笑んだ。

田畑の緑は眩しく煌めいていた。

この作品は「文春文庫」のために書き下ろされたものです。

文春文庫

新《しん》参《ざん》者《もの》
新《しん》・秋山《あきやま》久《きゅう》蔵《ぞう》御《ご》用《よう》控《ひかえ》（五）

定価はカバーに
表示してあります

2019年8月10日　第1刷

著　者　藤《ふじ》井《い》邦《くに》夫《お》
発行者　花田朋子
発行所　株式会社　文藝春秋

東京都千代田区紀尾井町 3-23　〒102-8008
TEL　03・3265・1211(代)
文藝春秋ホームページ　http://www.bunshun.co.jp

落丁、乱丁本は、お手数ですが小社製作部宛お送り下さい。送料小社負担でお取替致します。

印刷製本・大日本印刷

Printed in Japan
ISBN978-4-16-791332-8